……騙你的。

——看來，這一招我目前用得還不是很熟練吶。

說謊的男孩與壞掉的女孩 7

死後的影響是生前

自我介紹「我是少女」

本名已經沒了。而我同時也要自白，我在第一人稱中夾帶了些許偽稱。

接下來讓我想想，要在這潔白無比，連框線都沒有的稿紙上寫些什麼沒用的東西呢？

……嗯，那就讓我用一些舉例來唬弄一下好了。

關於題目……對了，就用「心是什麼」如何？雖然非常抽象，而且是什麼也沒想就丟出的複雜問題，但就算最後沒有明確的結論，大家也都能接受——就是這樣的議題。哲學還真方便。

人類明明不必刻意去思考這些事也活得下去，但是卻無論如何都想找出這些東西對自己來說的明確答案。我看，八卦大概是人類的通病吧。一定是的。

……接下來——

心在身體的什麼地方？這個哲學，不管任何人都會在思春期或叛逆期一度思考過的。

例如切斷右手，上頭會有一部分被切斷的心嗎？大家都會說沒有吧。但是在右手被砍斷後，大家一定會認知那是「自己的」右手。也就是說，不與本體相連的就不是自己，心就不存在。

這個疑問還能延伸到，人類的身體，究竟從哪裡到哪裡可以說是自己。

被切下來的腦袋，怎麼想都能肯定是自己。

不過，沒什麼人會認為首級擁有心，這也是事實。

而身體裡若是沒有用來放置心的地方，那就只能把整個身體看做是心了。

結果所謂的心，是否就是「聯繫活著的自己的部分」呢？

別人的心……我哪可能知道，所以也只能相信有而活下去了。

就像每個人，每天都無意識地依賴肉眼看不見的空氣而活那樣。

……啊啊，對了對了，說起來，這一篇應該是用來自我介紹用的。

還剩下七行，我似乎終於想起用來填滿稿紙很好用的，原本該做的這件事。

咳咳，嗯哼。

要是能夠替換主觀的人格，也就是說，有那種內容能夠加以替換的話——

看來，我似乎是被任命為這次故事裡的「詐欺師」了呢。

老實說，現在的心境是很想要減少「真是麻煩（註：出自《JOJO的奇妙冒險》中空条承太郎的口頭禪，やれやれだぜ）」這句台詞出場的機會。

初次見面的各位，大家好；而已經見過的，就請忘了吧。

我的名字是大江湯女。

目前正處於最了解自我的，unknown的十八歲……呃，還是已經十九了呢？

第一章「unknown heroin」

介紹時被宣稱是我哥哥的那個人，是雙親的寵物。

只要是父母的命令，他絕對服從，

是個腦漿很明顯放錯地方的人類。

但是，如果是我對他下令，他就連眉頭都不會動一下，

對我的請求也加以無視。

我試著在他的房門上寫了個大大的「犬」字，

結果他只擦掉那一點，把字修正成「大」。

這真是讓我無法理解，所以他才不是我的哥哥，而是一隻寵物。

人類沒有理解其他動物的能力，

只是裝做理解了而已。

唉～

住在和他一樣房間裡的我，也是這個家裡的寵物嗎？

就算以我的雙眼重新評價，這個城鎮還是會被歸類在鄉下之流。

由於整體來說都跟不上文明進化的腳步，因此隨處可見拉低評價的缺點，概括來說就是缺乏起伏。而這正是被評價為都會的地方，與鄉下這種以俯角視線就可一覽無遺的土地間的差別。

就算不提此處缺少人工物的氣息，街景也實在是平淡無奇。夠格被當作世界之美的結晶而拍進相片裡的大自然美景，在這裡也付之闕如。這裡就像地球的胎毛般在地上紮根。

不過，因為現在正上演著日出的戲碼，使畫面多少也有了些詩情畫意就是了……所以這是時間的問題吧，因為夏天的早上每一眨眼，光線就會為景色換上一件新衣。再不久，淡黃色的陽光就會籠罩整個城鎮，成為適合洗衣服的一天吧。降雨機率是零。也就是說，很熱。

為了逃離像睡醒時充滿汗水濡濕衣服般的酷熱，所以才出了公寓，不過蟬卻已經在街頭辦起了盛大的現場演唱會。不知道捕蟲少年擊退夏蟬這種故事，何時才會被當作兒童文學出版呢？

順帶一提，當我們一家都還在當繭居族的時候，天氣預報對我們兄妹四人來說只是猜謎節目罷了。而答題正確率最高的人，雖然沒有實際統計過，不過感覺上應該是長男。

回到主題。

就是因為這樣，當我不得不在這個城鎮的「外面」繼續生活下去時，我的確為了是不是該停下腳步而煩惱不已。因為我的知識告訴自己，這個地方棲息著即使和我交換半邊身體，也不會被別人發現的『那個』。

這種事發生的機率就像最偉大的奇蹟發生一般，簡直是神所給予最美好的——惡作劇。在這個季節出現兩隻飛舞的蚊子，如果是同種類，要如何從外觀上加以分辨呢？這還真是給人找麻煩呢，氣死人。假設他輕易地超越了腳踏兩條船這種由人類發祥而來的詞，達到腳踏五條船的境界，在路上悠閒漫步的我，搞不好就會因為被誤認而被五個人各捅一刀。人類偉大的生命只有一條，卻能夠體驗五次死亡，這真是太奢侈了，簡直讓我整個人從頭以下都泡在欲望之海裡了呢。嗯，真的呢。至少我「媽媽」會這麼想。

再次拉回主題。我的離題率會這麼高，是因為腦細胞像珊瑚礁一般尖銳喔。騙你的……這個用法不知道正不正確？因為還沒習慣，我還在摸索中啦。

總之，經過幾番迂迴曲折，加上挫折與妥協，我和妹妹——茜，在這裡落腳了。

我們居住公寓的周圍正在搭建許多住宅大樓，營造出一種頹廢的氛圍。裸露在外，像血管似的鋼筋混凝土象徵著大樓正在營建中，仰望這番景色相當能滋潤心靈。

在這種鄉下地方的一隅，蓋起這種活像是高樓住宅小學部的建築物，就像在吸塵器上頭硬插上空氣清淨機似的。

看著那踮高了腳裝大人，遲早會小腿抽筋的逞強模樣，我不禁歪著嘴露出微笑。

哎呀呀，我還真是一副事不關己的態度呢。

「喔唷，瞧我這個新來的擅自說個不停，不知道身為地頭蛇的金田同學有什麼看法？」

「啊——我不是跟妳說我姓金子嗎——」無視於我的質問，這名適合苦笑的少年說道。

早上散步時偶爾會遇到這位住在附近的金……子同學。他和家人同住在一間木造透天厝，現在是高中三年級。因為這世間的學生正在放暑假，因此得以在這個不合乎季節的迎春之晨，產生了和外出遛狗的他打照面的機會。

他在具體上說來毫無明顯的特徵。擁有在面對面時不至於令人不快的容貌、個性、以及其他事項的金子同學……勉強要說能留下印象的，或許是他那句「啊——」的口頭禪吧。感覺是那種要是不以用原子筆一口氣貫穿B5尺寸筆記本的強勁力道加以擠壓，就完全成不了型的那種微量歪斜。其他還有在他左手的小指和無名指根部發現不知道做什麼而產生的老繭，然而遺憾的是，以我的身分並無法得知那繭的出處。

因為我是個大門不出，二門不邁的黃花閨女嘛。生活的地方不同啊。

對於不知為何故做親暱向我攀談的他，我抱著多少與鄰居打個交道的心態，停下腳步與他應對。畢竟考慮到我的真面目，最好謹慎些以免招致惡評。

哎呀，在那屋子外頭過日子還真是麻煩呢。我終於想起來了。

不過還連帶想起一些不必要的事就是了。

「妳今天也……不，該說妳每天都穿著浴衣啊！」

與搖著尾巴，像是赤腳站在豔陽高照的沙灘上跳著踢踏舞的狗兒相比，飼主的神情實在是一臉睡意。乾脆把金子同學和狗的立場對調，這樣子移動效率或許會提升不少。嗯，就是啊，一點不協調的感覺也沒有。

「因為我的衣服就只有浴衣嘛。」接著，我手拉袖子打橫展開，展現自己日本人的一面，還順便轉了個圈，展露一個「耶嘿」的笑容。騙你的喔。

因為要是這麼做，我手上抱著的東西就要掉滿地了嘛。噗噗噗噗。

「啊——……雖然和我想像的不太一樣，不過像妳這樣的人，是不是就是人家說的那種千金小姐啊？我還是第一次看到有人會打著和式紙傘在路上走呢。」

哎呀呀，我被從庶民派趕出來啦？算了，反正我原本就沒屬於過那個階級就是了。我還真是生活在兩種不同的極端呢。

童年時期是被父親帶出去進行流浪之旅（意識部分），之後又成了某家人衣食無缺的奴隸，然後現在終於重獲自由……這樣子演變下去，我搞不好就得出發去尋找紅色和藍色的戒指了（註：「勇者鬥惡龍V」的主角，和父親度過流浪人生後被教團捉去當奴隸，後來在結婚事件中又被命令去尋找火與水的戒指）。不過如果冒險的同伴是那孩子，想必會遭到全滅的命運吧。

「不過說起來，我也很習慣穿武道服走在路上。」

「哎呀，這樣啊？」

「因為我是劍道社的。喂，次郎！興奮過頭了喔！」金子同學輕拉繫著狗兒項圈的繩子，臉上露出苦笑。

名叫次郎的狗在我的腳下扮演著老鼠炮的角色，玩著我浴衣的下襬。雖然以那張嘴的大小和溫順的神情來說不太夠格被評價為猛獸，不過看來我似乎還挺有魔獸使的素質（註：出自「勇者鬥惡龍V」，主角擁有讓怪物成為同伴的素質）呢，這隻狗每次看到我總是這副德性。

「好啦——好啦——」金子同學發出和狗對話般氛圍的自言自語，當場彎下身，在狗兒右腳剛放下想要抬起左腳之前將牠一把抱了起來，接著丟出一句「來」就塞到我手裡。

「喔！」雖然感到有點莫名其妙，腦袋轉了又轉，但還是姑且接了下來。

同時還得小心不讓腋下夾著的東西掉下來。

在那彷彿以電流代替清晨淋浴的褐色短毛裡，一對圓滾滾的瞳孔注視著我。腳現在也仍在我的手中騷動不已，尾巴也搖來搖去。

……總覺得，讓我想起發現了喜愛玩具時的媽媽呢。動物與人之間的差異還真薄弱。

說起來這個場合，在如何面對人類這個點的意義上可以說是兩個極端吧。

「既然叫次郎，那麼這一位該是公子囉？」我試著使用千金小姐的遣詞用字。

因為，我不想被金子同學討厭嘛！……光是如此想像就湧起一股吐意，看來這個虛構已經達到了邪惡的等級。一定是。

因為光是進行像這樣的一般對話，就讓我緊張。

老實說人類以外的生物，除了在餐桌上的形態之外我還是第一次接觸，所以難免有點緊張。因為我小學的時候，在第一次輪到生物飼育輪值之前就退學了。也多虧於此，幼稚園、小學的畢業典禮統統與我無緣。要說的話，大概就是類似離家出走的狀態吧。

「沒錯沒錯，尤其是看女生的眼光，啊——還真的很不錯呢。」

因為只是稍微試探玩笑話的界線，金子同學的發言以好的方面來說還淺了點。看來他和我家的長男有一點不同，具備了和鴕鳥主義稍有一線之隔的處世之道。

不過這還真奇妙呢。我被他人評價為不帶感情地操作昆蟲態度及爬蟲類視線的冷血少女，但是這隻狗卻對我一見鍾情吶。

內心的感情與其說是在沸騰，不如說是煮熟了。咦？我是這樣的角色嗎？

「是不是還有一隻呢？從名字來看，我就猜是太郎吧。」

「啊——最早養的那隻是啦，不過已經死了，這是第二隻所以就叫次郎。」

「是這樣啊。」

你被人拿來和既沒有血緣關係甚至也沒見過的對象稱兄道弟了呢。摸摸、摸摸。

和我還真像，不禁湧起一股親近感——真是笑不出來呢，真的。

輕撫牠的手移開時，次郎舔了我大拇指根部的地方一口。粗糙的舌頭前端撫弄我的表皮，背部不禁湧起一陣廉價的顫慄。次郎，真是個可怕的對手。

這真是遠勝於被人類觸碰的刺激。

接著，次郎似乎嗅到我所攜帶物品的味道，泛著黑光的鼻頭不斷逼近。「回去、回去——」我以指腹推著牠的鼻子，努力試著保衛一時的和平。

大概是這模樣被看在眼裡，因而誘導對方編織出了這番話語：

「那是什麼啊？看妳從剛才就一副很寶貝它的樣子。」

金子同學出聲詢問我防護在右腋，以白布包起物品的內容。

「啊，你說這個嗎？嗯，大概算是報名證一類的東西吧。因為不能放在家裡，所以只好帶著出來散步囉。」而且還仔細估算過時間，噴灑了除臭劑。

要是一個不小心睡昏頭被妹妹發現這玩意兒，她八成會誤以為我走上了和某家庭的傭人一樣的野獸之路。我可不能步上那個後塵，所以得慎重處理才行。

當然，對眼前這位也是。將調皮的次郎還給金子同學，抽起我的代犬板（註：日本小學的圖書館，借書時要將寫有自己名字的板子插在被借走的書的位置，稱代書板）……騙你的。

哇——好懷念啊。我的代書板，在那之後不知道在圖書館裡遭遇了什麼奇妙的命運呢？一想到這個，我不禁興致勃勃了起來。

大概是在圖書準備室的一隅披上一層灰塵；曝曬在會讓人聯想起鼻頭一粒粒白色結晶體的夏日酷熱；暴露在會令人想起在鼠灰色的走廊上摩擦肌膚的嚴冬乾燥寒氣中，身體不停隱隱作痛；這樣的情況不斷重複，最後斷成兩半吧。南無阿彌陀佛，大致上和人生沒什麼不同呢。

即使如此，由當事人自己看起來，可能會覺得是波瀾萬丈（主要是痛苦方面的激烈起伏）的一生吧。工作、私生活、要是結了婚還得養除了自己以外的人，必須由許多非做不可的事加起來才能成為人生，正是身為人類最大的辛酸吧。

做好覺悟了嗎？我做了「即使如此也不想工作」的決心。

這個地方，一定也有人和我志向相同吧。不為什麼，就只是有這種感覺罷了。

……雖然這件事有點無關緊要，不知道代書板是不是全國都在使用的制度？不過，即使弄不清楚這件事，也完全不會對我進行詐欺產生任何影響就是了。喔呵呵。

「那麼，我也差不多該回去了。我妹妹還露著肚皮閉著眼睛，一動也不動地等著我呢。」

簡短地說，就是她還睡得像隻死豬。就算小鳥在電線上歇息，啾啾鳴叫營造出早晨氛圍，那孩子也完全不會醒來吧。

「啊——是那一棟吧。」金子同學朝我走來的方向一瞥：「那裡……住了不少風評不是很好的人……呃——說不認識的人壞話好像也不太好。不，說是有這樣的傳聞，其實之前……嗯，不過還是個好人啦……算了。」

「你這句話也太吊人胃口了吧。總覺得能看見下次遇到你時會有不少話題的伏筆。」

「沒有啦，我不是那個意思。」

出乎意料地，哈哈——金子同學以熟練的世故笑容做結，說了句「再見」，被次郎拉著漸行漸遠，我則目送了他一會兒。結果，就像老套的劇情安排那樣，他轉過頭來——

「妳叫什麼名字啊？」

「這是對剛才的回馬槍嗎？」

「不是啦……只是仔細想想，我好像一次也沒問過妳的姓名？」

「是嗎？」當然，是我故意造成的嘛。

「那，妳叫——？」

「姓是天野，名字則暫時保密。」為了向被我借用姓名的人表示敬意，所以在後半的名字打上馬賽克。「天野」這個姓是被放在代代相傳主角的姓的位置了嗎？騙你的。

其實是盡力想讓他把我當成浴衣小姐（暫稱）對我來說比較方便，不過基於他告訴了我狗的名字，我也只好禮貌性地投桃報李了。我可是個扭曲的義理人情備受好評的十九歲呢。

時間雖不足以這麼拖到二十歲，但現在要修正個性也來不及了。不過也沒那必要就是了。

「天野……？嗯——其實我從之前就一直想問，妳是不是有個雙胞胎兄弟啊？」

「如果是指會讓人這樣感覺的對象，的確是有，不過已經死了。那麼我先告辭了。」

最後帶點輕輕的急促感，向金子同學交錯完畢。

看向繼續散步的金子同學與次郎的背影，我呢喃著自己一部分的真面目：

「其實不管是大江湯女或平針須見，隨你喜歡怎麼叫都行。」

只要不會讓我的本名曝光，那都無所謂。

被蟬鳴聲蓋過的自我介紹飛不到金子同學耳邊，在半途便失速墜落。

只舉起左手伸展一下身體，「唔—嗯—嗯—」引起一陣耳鳴之後又吐了口氣。走吧。

將一面也沒見過的別人的「右手」夾在腋下，我的苦悶樂曲進入了高潮。

所以就是這樣子，本作的第二部——「Yuna・Ooe(湯女・大江)」正式開始囉！副標題正在向全國的兒童們募集中。

關於第一部的結局……嗯，就算了吧！我討厭沉溺於過去。畢竟，回首過去的失敗經驗唯一能學到的，就是「不要做多餘的事」而已。嗯，真的。就是這樣：好像……唔，不太搭耶。

這個就先不提。因為這身打扮又在白天四處徘徊，我也無法否認自己被他人當作生活在現代的貴族（世間似乎通稱為尼特族）看待。不過即使是這樣的我，好歹也會做家事。

這可是以前得到的杵柄（註：日文中意指磨練而來的技能）呢，呵呵呵……不過話說回來杵柄是什麼東西啊？就字面上看來像是搗年糕用的道具呢。要是盲從於感性，感覺好像就會把它叫成海蛞蝓。真的。這是為什麼呢？

露骨地回到正題。我還挺自負於至少比和我同居的大江茜來得能幹。

『ㄒㄧˇ ㄧ ㄈㄣˇ？……啊，我知道了。是電視節目和節目中間常用來過場的那個吧！總是在電視上轉轉轉或是噴東西喔！』這真是一場不能輸的戰鬥啊。

之前有一段時間，大概是梅雨季節前後吧，我試著要茜負責做飯。當然是為了我啦。不過那真是個失敗的決策，雖然讓自由時間得以增加；但壽命卻會減少，這樣未免太本末倒置了。哪個部分是騙你的呢？

摺好自己的棉被，打掃完浴室，在一片昏暗的房間裡等飯煮熟。因為茜還在邊踢被子邊呼呼大睡，所以不拉開窗簾，拖延早晨到來的腳步。現在才剛過六點半，這孩子大概要七點半才會醒過來。我得在那之前出門才行。

……真是麻煩啊。我玩弄著瀏海，用手指押著頭皮。就算是為了自己，但又有幾個人會真的朝麻煩事勇往直前？

從布的縫隙窺視，向右手陰暗的斷面嘆著氣把它往上拋。用單手接住的時候，手感意外地還不錯。呵呵呵……抓住手，「手感」？我真是……

看來我不食人間煙火的幽默感依然健在，這個事實讓我安心了一點。

「騙你的？不，是真的啦……果然，還是得加上口頭禪才行。」

畢竟我背負著擔任詐欺師的任務嘛。

不過，光是沿襲上一代的話就太無能了，我倒是想勇敢嘗試完全相反的做法。反正說起來，每次當我說「真的」的時候，我也不確定自己心的內側想的究竟是什麼，唔呵呵。因為人的表裡都可以使用，所以不是廣告紙而是活頁筆記本吧。而對照起五彩繽紛的廣告，活頁紙只是一張白紙，這個部分恰好也象徵著人呢。

在黑暗中竊笑著，錯覺將我眼球的兩成左右押得發疼。幼小的少女和高大的成人並行著肩並肩走著。因為幻覺夾帶著愉悅捲起我的傷疤，試著搔抓我的真實面，我拿起屍體的右手打了自己一巴掌，讓自己失去正常意識。

都已經和本體分了家還這麼有用，真是隻能幹的手呢。借來真是正確的選擇。

要是繼續這樣不停回想過去，我可能一大早就會發神經，替左鄰右舍掀起困擾的門簾吧。就這方面說來他（一部分）真是救世手（**註：出自《幸運超人》的救世主超人**）。有點老梗。

攜手而行的幻象往空房間的方向消失。除了這個被茜與我當作寢室使用的房間之外，還有另一個近三坪大的房間，加起來剛好比我之前在宅子裡的房間大一點。這不是貶低，只是在比較對象的選定上的小失誤，這是個很棒的房間喔。

這棟建築完全可以歸類為住宅大樓，但是不知道為什麼，附近的居民全管這裡叫公寓。理由似乎是因為妖怪公寓唸起來比妖怪住宅大樓來得順口一類的。

不過，殺人住宅大樓聽起來像是命案現場；但是殺人公寓這名字聽起來卻像殺人狂的巢穴不是嗎……？如果是鄰居的小孩，或許會這麼說吧。

不過這間公寓最大的魅力就是便宜。

二房一廳附浴室和廁所，房租竟然是令人吃驚的一萬七千圓。老實說真是破壞市場價格。不過，這是只限定於這間位於公寓最深處的這一戶的特別價格就是了。

這一戶的背後怎麼看都有些隱情。根據房地產仲介的說法，前一位住戶「並沒有」自殺，不對，該說是這個房間似乎「並沒有」死過人。仲介先生那天似乎可能是怠於刷牙，有菜渣卡在牙齒裡頭，講話都吞吞吐吐的。啊啊，真令人為他往後的假牙人生擔憂呢——騙你的……唔，我果然還是尚未掌握這一招的要領，二刀流還是儘量少用好了。呼吸、眨眼、心跳，要是不和這三者融為一體，不協調感在胃的底部沉積的感覺太難受了。搞不好他們哪一天就會成群結隊地從內側開始侵蝕我。

我可不想變成『那個』。你不這麼想嗎？位於想像前方，預兆的範圍裡，從腦子裡不斷漏出的思緒讓髮際線布滿了汗水。唉——好熱啊。

和當初住的那棟宅第裡空調和電風扇都不虞匱乏的生活之間的落差，讓我的眼睛在壞的方面產生暈眩。

和腳底接觸的地板相伴著微微涼意，我將手掌也貼了上去，連指尖都排得整整齊齊。這個納涼行為很快就失去效力，熱量就像二氧化碳一般被交換著。

在不快的感覺增生之前提起手掌，只留下食指與地板接觸。大江湯女——指甲在地板上比劃著這個由第二個母親所給予的姓與名。

當我知道這名字的由來以及漢字所包含的意義（**註：本意是在溫泉地或澡堂陪侍的女性，但後來有一部分轉變為私娼**）時，我也只能啞然失笑。

啊啊，那就是我之所以學習如何擺出笑臉的契機嗎？因為詭異的歪斜笑容不管過了多久都模仿著形狀記憶合金，作為修正這種行為之手段的一環，我才開始學習如何組織出一張笑臉。雖然修是修好了，但是卻留下了不時便會露出笑容的後遺症。

接著，食指又獨自進行著練習。佐、內……呵，這就像騎腳踏車那樣，不過是在反芻大腦已經記住的東西，在它回到胃部之前暫時讓指尖當作玩具罷了。

給了我本名的是奶奶。記憶的湖水現在也仍吐著泡泡，噴出原初的記憶。

最早的記憶。

最棒的記憶。

永遠的臭蟲，如今也只不過是我本體的一部分。

聲音想脫口而出，指頭隨即押了上去。嘴唇領悟這是無謂的嘗試，又將其吞下喉嚨。試著將從人為的漏洞百出牆壁吹出的笑聲轉換為哭聲，不過完全無效。

藉由上映著的回顧片段，雞皮疙瘩進行著「standing operation」。雖想用自己的手掌撫摸他們的頭讓他們乖乖退回去，但是得不到成效。沒辦法，就用別人的手取代貓的手（註：日文中借用貓的手比喻非常忙碌）來用一下。他的指尖僵直，離美肌也差得遠，比較像是砂紙。

為了用這粗糙的觸感撫平我肌膚上的祭典氣氛，我以孫子的手（註：日文中孫子的手就是抓癢用的不求人）的要領搔遍自己的皮膚。一個人同時使用三隻手，這樣的畫面遠遠看去應該相當令人倒胃吧。一定是的。

我將自己空出的手覆蓋在正觸摸著自己的那隻手上……嗯嗯，這是，那個吧。

就像將手枕在枕頭下方一整夜，起床時一片麻痺什麼觸感也沒有，和被自己的手碰觸時相同的感覺來來去去。即使毫不客氣地以指甲扎它一下也得不到任何反應，真是單行道似的接觸。

和這隻態度冷淡的右手玩耍了一會兒，心情就和現實世界的黎明到來一樣好了起來。

因為沒有在它的任務結束後還拿起來繼續在臉頰磨蹭的嗜好，於是替它玩起變裝遊戲，解除了它的全裸狀態。用布把它捲捲捲地包起來以後……「都已經過了三十分鐘，也該讓它和其他零件見個面了呢。」

這是初次見面？還是數十年來的青梅竹馬？或許也會不吝於以家族來呈現呢。

然後，你是屍體的右手？還是右手的屍體？

哪一天會長出一個人來嗎？

斷面上雖然長了個像是嘴巴的東西，卻什麼也不回答啊。

喔呵呵呵。猜拳的時候也只出布，真是頑固呢。

……不過這些就先不管，得先把我的名字好好埋起來才行。

真是的，連好好埋葬都做不到，禮儀太不周到了。

「再說，取名利香卻沒有專用房屋（Ricca house），真讓人想抗議。」

所以我從以前就最討厭這個名字了。好，到此結束。

飯也煮好了，被電子音所引導，我搖搖晃晃地回到廚房。

將電鍋裡的飯盛起來，然後喀恰喀恰滋滋——地將打勻的蛋煎成玉子燒。因為茜是個只要用乳製品和雞蛋就可以輕鬆誘拐的女孩，所以配菜只要有這個就夠了。茶水她也會自己從冰箱裡拿出來，那麼就只剩下留字條了。

在桌上備好紙筆以後，我在紙面上留下平凡無奇的內容。

『早安，茜。我有事出門，早餐妳自己先吃吧。』「…………」『妳不要自己出門喔。』補上這一句之後，我把手盤在胸前。

希望她能暫時遵守這個指示。這是為了她的人身安全著想。

尤其是這棟公寓裡。如果要出門的話，希望她走得離這裡愈遠愈好。

但是，我們的人生已經不再受到大江家的庇護與束縛了。
真是悲喜參半。
所以，這個留言的內容不正確。
雖然沒有寫錯，但是不正確。
桃花應該也想把遺志託付給茜吧。
就像金子同學的狗從太郎那裡繼承了次郎這個名字一樣。
桃花，我啊，在家族裡除了媽媽之外最中意的就是妳喔。
因為，妳是最正常的人類。
不過，處於大江家這個環境，那就不對了。
「……………………………………」嘰嘰——我拉出兩條橫線，加以修正。
『我中午就回來，不要亂翻冰箱。』
「這樣就好了。」
我們這一方可能發展成嚴重問題的跡象也是隨處可見啊。
唉——傷腦筋。人即使只有麵包就能活下來，也還是需要錢吶。
逃離宅第之前搜刮來的小朋友，大部分也都已經出門旅行去了。他們不至於迷失在街頭，只有這一點讓我感到放心。唔，騙你的啦。這些喪失了歸巢本能的不孝子，我才不擔心他們呢。

在玄關輕輕整理身上的浴衣，梳了梳頭髮。

我向裡頭似乎睡得不太好而導致頭腳位置對調的妹妹招呼了一聲，宣告自己要出門去了。

「我出門囉——」

好啦——帶著兩隻右手出門吧——

前往殺人公寓裡的另一頭。

和這隻右手相連的部分，生前的名字叫做鶴里新吾。

從鬍子的配置和皺紋在臉上出現及消失的時間來推測，約莫是四十歲左右的男性。從我住進這間公寓以來，打照面的次數大概比至今為止和我說再見的人數還來得少吧。

順帶一提，我對至今為止邂逅過的人數可是記得很清楚喔。

不多不少，十九人。

不管人類在地球上建構的世界有多麼廣大，這些就是「我的世界裡的人」的全部了。

只要人類這種單位沒有肥大化，那麼世界還是小一點來得好。我光是守護自己半徑十七公尺又九十公分的世界就已經手忙腳亂了啊。我很清楚自己的能力到哪裡。

啊啊，又得再拉回主題。我真是愛畫蛇添足加偏離主題，淨是做些蜈蚣似的思考。

雖然全世界的人應該都不太在意這件事，不過我很怕昆蟲。尤其是蟋蟀。

不分平日或假日，很多人都看過鶴里先生刷洗他停在公寓用地的汽車。他總是穿運動背心，皮膚有點黑，夾雜本地濃厚方言腔的說話聲讓我的耳朵留下強烈印象。這對鄰縣出身的我來說就像未開化民族的語言般具有寶貴價值；而就另一方面來說，我也抽取不出名為友好的物質。因為我很怕生。說起來這數年間若以紙牌來譬喻，就是手上一直只有黑桃的狀態，那樣的純粹情感或許早就已經乾枯了也說不定。

如果不是騙你的不知該有多棒呢。

然後，我來到了這樣的鶴里先生的房門前。

只有一層樓的公寓，最右端的房間。和我們處在相反的兩側。如果我和鶴里先生是黑子，中間就是相反的四顆白子，那麼六間房間就全吃掉了。

事不宜遲，先敲門吧。當然，是用與這個房間很親近的那隻手。

隔著布以手背敲門，碰碰！唔——因為沒有神經細胞聯繫著，所以有點難拿捏力道。用冷凍香蕉敲釘子，是否也是這種感覺呢？

「今池利基小弟弟——吹上有香小妹妹——野並繪梨奈小妹妹—來—玩—吧——」

為了省去等待對方應答的時間，我直接明示自己來訪的目的。

因為就算向物主鶴里先生喊話也是白搭吧，畢竟本體又不在這裡。

而既然沒有可以訴說自己生平的嘴；那我也不打算理會你的耳朵。噗噗噗噗。這個動機是真的；同時也是騙你的。雙方都成立。

矛盾不過是對人類來說小小的不方便罷了。

……好啦，裡面的三個人會有什麼反應呢？說起來，有點擔心昨晚背下來的名字是不是都沒有記錯。既不是自滿也不是自嘲，不過我其實不太記得自己父親的名字呢，因為總是叫他父親大人而已嘛（試著以好人家出身的千金小姐風作結，將腦細胞的不老實敷衍過去）。

「……那過——」喔，門裡傳來了似乎會被評價為說話結巴的聲音。

「那過，妳是住在勾壁豆勾壁豆勾壁豆……那位啥磨啥磨小姐吧？」

「是的，我是貓伏景子（註：出自遊戲「Remember 11」的犬伏景子，擔任角色設計的便是本作的插畫家）。」這是我排名第五的假名。

這個ㄛ和ㄜ發音困難的說話方式，是野並繪梨奈吧。

「妳來皺裡奏啥謀……咦？對、對……啊，請妳等一下，他們蒐要開奏戰會議……好像不能收出來，叟以請妳不要問……他們皺謀收。」

「我了解了，了解了解。對了，我有一項情報。我帶來了能和你們站在同一個舞台上的報名資格證明。」

所以我也沒辦法報警啦，快幫我開門吧。

為了節省時間，我輕微地表露了一下立場，結果門突然就開了！額頭遭到門板的敲擊，害我咬到了舌頭。

真奇怪呢……為什麼胸部在最初的衝擊時沒能守護到我的臉呢？哎呀，很奇怪。真的。

從裡頭現身的，是三人中的一點白——今池利基……若是那本有某十五名少男少女的漫畫（註：鬼頭莫宏的《地球防衛少年》）的話，應該會親暱地喊他「小今小弟」把他當作同伴吧。他那頭活像沒遵照使用說明的襪子般的髮型今天也沐浴在夏日的艷陽下，不禁讓看的人擔心「那玩意兒會不會著火」。不過這是騙你的。

面對突如其來滿溢著詐欺氣味的浴衣女，他裝出一副彷彿吃過違反管制藥品管理條例的藥的表情，試著推敲我方才發言的深意。應該沒什麼地方是騙你的。

「妳說的話是什麼意思？」

「就是這個意思。」

我毫不掩飾地在感到訝異的小今小弟眼前將布掀開，讓第三者的右手進入他的視野……不過這麼做只會讓我變成可疑人物，所以在那之前我還是先開口說道：

「我是鶴里先生右手的持有者喔。」

把布蓋在手背上，抓住手腕，然後向小今小弟炫耀了一下。說起來，他應該也擁有類似的東西才對。依我的預測，他擁有的是右腳吧？

複雜織成了小今小弟的表情，他的視線在我和原本屬於鶴里先生的 right hand（捲舌音全開）

之間來回飄移，接著稍微探出頭來，朝公寓前左右的通道確認了一下。

「白太人呢？」

原本持有這隻手的人……哎呀失禮了，擁有者是鶴里先生才對，而掠奪者是久屋白太。

不過……他也是小今小弟等人的同伴，住在這棟公寓的家族成員之一。

「這個東西在我手裡，還不夠說明他的現況嗎？」

沒人會隨便把這種東西交給別人吧？

不懂得考慮萬一狀態的人，會步向失敗喔。

這次的他們又會如何呢？

「妳對我們的事了解到什麼程度？」

「大概就是你們之中的某人計畫做某事左右吧。因為我很克制地少與鄰里往來，所以對關鍵的你們的情報不是很足夠。呵呵呵。」

我毫不客氣地看著他並露出微笑，小今小弟像要躲避詛咒似地別開臉，眼球則因為心中的天人交戰而不斷反覆地左右轉來轉去。

「今天也好熱啊，好久沒吃剉冰了，真想吃呢。我喜歡的口味是檸檬糖漿喔。」

利用機會搖晃一下大腦與自律神經，丟出明顯搞錯時機的寒暄。感覺大概像戀愛故事的男女主角在最後邂逅的一幕時，桃太郎突然駕著木船衝進來。小今小弟也因此連「喔」或「就是啊」

這種毫不用心的應對也省略，更加深了對我的不信任。而他對我的這個評價是正確的。

認識我的人給的評價一律是「內外都充滿可疑的氣息」。說起來這不就等於我所有的構成要素嗎？看來我應該去吃個什麼藥，想辦法把它去掉個一半比較好。不過這是我自己的事就是了。

最後，像是遇難在無人島上發現從來沒看過的菇類，但是已經餓到前胸貼後背，不得已只好硬著頭皮吃下去——小今小弟以帶著這種妥協與覺悟的苦澀表情看向我。大概是因為若在門前耗上太多時間，或許會被從其他房間出門上班的家人撞見吧。

與其說是信任我，不如說是他思考的天秤朝「就這樣把我趕走，不知道我會做出什麼事」的一方傾斜了。與其如此，不如和裡頭的兩人聯手，三個人一起把我「分解」就好。

哎呀，真是太可怕了。我到現在才出場這麼一段時間，就得交棒給第三部的主角了嗎？第一部就可以拖那麼長，真是偏心啊～偏心……呵呵呵，試著騙你一下假裝我很遺憾。

「總之先請進吧。」得到進入許可，我便「那就打擾了」地打個招呼，跨入鶴里先生的家。

呀——我還是第一次進男生的家呢。

而這一家的主人已經死亡，也是一種相當珍奇的狀態。我將走在前頭小今小弟的背影當作路標，保持一定的距離跟在後頭。然而這裡畢竟只是公寓，很快就抵達了她們等候著我們的房間。

看來這裡的格局和我那一間一樣呢——我試著做了大略的觀察。

我和茜當作寢室使用的房間，在鶴里先生這裡似乎是當作個人專用的空間，擺著像是工作用的物品和洗車用具。除此之外還有一張桌子，然後還有吹上有香，順帶還有野並繪梨奈。

而這三人的中心，陳列著像是便利商店版滿漢全席的大量食品，其中一半左右已經被掃得一乾二淨。就我個人來說，冷凍的鮮蝦燒賣看起來還挺美味的。

坐著的兩人對我投來的視線是——神經質與一派自然。情感的波動一是上下起伏；一是保持水平。不過比起這些，充斥整個房間的冷空氣才是我關注的焦點。

「嗚啊—嗚—」冷氣機從一大早就努力地工作著。圍繞著我的熱氣與濕度因此凝固，一片片地從我的肌膚上剝離。跟隨涼風的引導，我噠噠噠地從坐著的三人中間穿過，走到冷氣機下方。眼前剛好還有扇窗子，稍微滋潤了我的視野。

雙手微向後伸，將身體交給從窗戶射進的光以及從上方吹來的風。當初在大江家享受著滿滿的不自由之奢侈時，夏天總是讓冷氣機執行二十四小時運轉個不停的勞動呢。

而現在我的房間裡只有一台中古的電風扇，每當那半吊子的熱風吹動我的瀏海，在老家生活的情景就在腐肉中逐漸甦醒。啊啊，真是氣死人了。

「那過——」代表在場的三人，野並繪梨奈(Erina)……以下以艾莉娜小妹妹表示——向我說話，還想繼續沉浸在二十四度的冷風中的我只好奉陪。

轉身，「妳好——」我將 other hand 的指尖折成招財貓的模樣問好。總覺得這隻手愈來愈有 magic hand 或教鞭般的地位了。你願意和我一起度過第二段人生嗎？如果你不能走路，就由我來當你的腳吧！是的，騙你的。

「我是住在同一棟公寓的貓伏景子，日後還請多多指教。」

手貼浴衣兩側，以淑女風行了一禮。這個名字請各位解釋成藝名或別稱吧。因為以我的立場，不管是大江湯女或佐內利香，一旦傳開都會有些麻煩。

「浴衣小姐是……耶——唔——嗯——我是野並繪梨奈，早安。」

遲鈍地對我的自我介紹完全無視，艾莉娜小妹妹開始拖泥帶水地自我介紹了起來。他們的年紀應該都是十七歲，所以我是最年長的人。

……哎呀，這可該怎麼辦？冷靜一想，我明年就成年了呢。現實真是殘酷啊。

這件事先不管。關於這個艾莉娜小妹妹，基本配色雖是會讓人誤以為是都會女高中生的金黃色，但實際卻是個一開口就會暴露出自己宛如小學生程度的女孩。

嗯——……若要舉例說明這種痴呆的氛圍，沒錯，就是笨。

「妳啊，要是尾巴被寄居蟹咬上的話應該會進化吧（註：神奇寶貝裡的呆呆獸，只要尾巴被大舌貝咬上就會進化成呆河馬）。」

「耶？寄居蟹……寄居蟹——」啵！她拿出麥克筆並拔掉筆蓋，蹲在地上嘰嘰嘰地畫起來。像貝殼打開般將上半身挺回原處的艾莉娜小妹妹，在地板上直接畫出了對寄居蟹的想像圖。

「是長柱固樣子嗎？」

即興畫出的寄居蟹是卷貝型，圖畫的精密度就像把生物圖鑑轉成黑白兩色一般。

「畫得真好呢。」嘻嘻——我露出妖豔的微笑。不過這只是我的主觀認為，若是由某人來評斷的話可能會說是「把橡皮筋切斷以後拉長似的笑容」吧？

說得太準，失禮了。噗噗噗噗。

而就在我欣賞那繪畫的期間，艾莉娜小妹妹朝裙子下屁股的地方摸來摸去，在很慎重地確認完不明的某物之後向我報告：「那過，瓦豆屁股上沒長尾巴。」

「這樣啊，那證明妳很像人類，請好好保持，不要退化回去喔。」

「好豆……咦咦？」轉轉轉，不只是眼球，連脖子也緩慢地轉動。從這個比我家那台旋轉速度慢到蒼蠅可以停在上頭的電風扇的速度來看，我懷疑她腦子的運轉速度大概也是如此。

「我說……妳究竟是誰啊？解釋一下好嗎？」

大概是對我與持續旋轉的艾莉娜小妹妹的交涉感到不耐，小今小弟為了奪回主導權而介入。也是啦，這麼突然地跑來參加，難免會引起一點反彈嘛。最常見的類型應該就是在海邊舉行的泳裝大賽吧。說到這個，我和泳裝還真是無緣呢。

不過我並不是指體型方面的因素喔。嗯，是的，真的。你很煩耶。

我從冷氣機下方離開，和三人保持一定的距離以正座的姿勢坐下，成功地將以人類為座標的三角形改變為菱形。我在數學這門科目上也只學到這裡為止。

所以，分數的計算對我來說還是未知的領域，不過這種事現在已經無關緊要了。

不過，像這樣四個人圍坐，感覺很像在進行咒術的儀式。不過沒使用內臟類的東西氣氛有點不夠就是了。還有，或許是因為空檔間不時就吃東西，過程充滿了生活味呢。不是腐臭味喔。

冷氣機、晨曦退去後的藍天、還有麥茶。在這樣的夏日景色中，我卻很不舒服地感到我們彷彿要噴著泡泡在這房間裡溶解。是的，這當然只是錯覺。

「我們可以討論的選項，似乎沒有多到不知從哪一項開始說起吧……」

先起個話頭，然後把視線移向另一個人，窺視她的反應。

「…………………」

吹上……有香小妹妹還是雙耳戴著耳機，沉默不語，保持雙手環膝的坐姿。她只有在進食或將身旁的寶特瓶送到嘴邊時才有動作。

對了對了，有一件事我從剛才就一直忘了說。他們三人的膝上分別坐鎮著鶴里先生殘餘肉體的左手、右膝以下的腳、還有同樣部分的左腳。因為氣氛太險惡，所以就暫且視而不見。

話說回來，這三人對於在人類的個別零件旁邊用餐似乎沒有任何排斥心理呢。不過比起直接從邊緣的皮開始啃食這些「手足」，這還算好得多就是了。

「那過——」拉、拉。我浴衣的袖子被拉動了。應該不必說明是誰了吧？「什麼事呢？」

「為什謀尾巴被寄居蟹咬上就會進化呢？」脖子又轉了起來。

貫徹自己的道路過了頭，對他人正在進行的話題漠不關心。簡直就像菜種的不良版呢。

「這種事的答案，我自己也很想知道呢。」

我一派輕鬆地擋掉了她的質問。那個東西明明不管怎麼看都沒有成長，卻能夠主張自己有所進化。簡單地說，就是一名少年騎上腳踏車就變成了「腳踏車少年」那樣嗎？這個進化也未免太局部了吧？要是這樣，我只要換一件花色不同的浴衣，也可以主張自己已經變成了不同的大江湯女吧。看來我被叫做吉丁蟲女的一天已經不遠了啊。騙你騙超大的。

「是歐……那偶自己想好囉——」脖子開始朝反方向旋轉。這是在模仿收音機體操嗎？

不過說起來，也差不多是那個時間了。附近的小學生會開始在社區的停車場集合，進行據說是收音機裡傳來的聲音最有精神的小孩揮手運動。

我曾經讓茜去參加過一次，感覺還挺協調的。因為那孩子在許多方面來說都還很小，只要注意一下言行，要融入那個團體成為一名小學生也並非不可能喔。而我就是媽媽？

呵呵呵，玩笑開過頭了。我啊，雖然不排斥家庭觀念，但是對親子關係有點感冒。

「我說，那邊那個就先別管了。」「嗯，就放著吧。」我和小今小弟兩人進行擱置作業。

整了整浴衣的下襬再伸個懶腰，視線轉向小今小弟。坐高看起來是他比較高呢。不過考慮到彼此身高的差異，這也是理所當然。看他以那張像是會在世紀末欺凌稻種老爺爺的五官，以我的臉為中心持續觀察的模樣，總覺得很超現實。能忍住不笑的大概只有我吧。

「妳如果知道什麼，就請妳明說。」

「我很熟悉你們玩的遊戲，是為了參加這個遊戲才特地以久屋白太代理人的身分來的。」

我終於進入主題了。同時，我也展開了詐欺。起司看來真美味啊。

「那，白太現在人在哪裡？」

「這個嘛，他的所在地和我無關。」不是騙你的喔——以這種說法的話。絞肉熱狗。

現在才想到，雖然準備了茜的早餐，但我本人卻到現在都還沒將任何東西放進胃袋裡。

看著眼前愈來愈減少的食物（主要是由有香小妹妹攝取），我該繼續遵守「還不可以吃」的指令到什麼時候呢？

一旁的艾莉娜小妹妹還在喀噠喀噠地旋轉。她歪著脖子的模樣，大概可以去電影裡扮演小小森林裡的精靈了。

「那麼，可以承認我的參加資格了嗎？我可是在昨晚得到這隻手以後就興致勃勃地決定前來參加的呢。」

騙你的。啊，這個謊話是真的。別看我這個樣子，我還是比較偏好植物的人生。

我的阿諛諂媚讓小今小弟的表情稍微放鬆，緊張感也緩和了下來。

「算了，發生一點預期外的狀況也挺有趣，而且要是白太不在，在場的男性就只剩我了。」

會開玩笑代表對方也在向我尋求友好吧？不過警戒還是沒解除就是了。

不過不管怎樣，事件都不會因為產生了我這個誤差而結束吧。畢竟這個事件在一開頭就已經到達最高潮了嘛。

好啦，既然已經得到許可，那我也稍微自由活動一下好了。

「冰箱裡還有什麼飲料嗎？」

「啊啊，我想應該還有點什麼吧。」

對這種把別人家當成自己家的行為感到憤慨的屋主的首級，究竟在誰的手上呢？他們就是為了找出這個答案才聚集在這裡喔。

起身走向廚房，打開冰箱以後發現鶴里先生身體的部分被塞在冰箱的下半部。而原本放在這個位置的食物，八成也是像這樣被以大規模偷吃的方式塞進了那三人的肚子裡，連一點證據都沒留下來了吧。

真是的……這絕不是針對某特定人士，不過究竟是誰誤把冰箱當成了屍體棄置場呢？正宗的屍體棄置場明明是墳墓才對嘛，你說是吧？

不過，像這樣看著只有軀體部分的人體……看起來還真像玩偶呢。

不過反正人類大致上來說本來就只是類似微生物的肉色內衣一類的東西。

以這種模樣相見，他的右手現在帶著多少感慨與腐敗呢？明明都已經因為感動過度而從鮮紅的切口流出血淚了，卻還是沒有反應。

我抽出剩下的一瓶濃縮柚子汁，關上了冰箱。這個玩意兒真能潤澤我乾渴的喉嚨嗎？總覺得有一點像是在沙漠裡喝紅豆甜湯的感覺呢。

「這裡是租賃公寓，所以屋主失蹤的狀況遲早會因為沒付房租而公諸於世喔。」

回到定位的同時，因為都沒有人提起，所以我就試著提出了時間限制的議題。小今小弟的眼睛突然瞪大，伸出去想拿火腿的指尖也停了下來。

「啊——對喔！哎呀，真的是這樣耶，怎麼辦好呢——」

態度變得親暱多了的小今小弟依然眼球圓睜地陸續看向在場的人。有香小妹妹還是面無表情地嚼著罐子裡的小魚乾，對小今小弟加以無視。

「叮咚！乾脆直接放棄如猴……咻嗶！」話都說完了人才開始舉手。

「唔，這樣當然是最快啦。不過，妳還是老樣子只有做決定最快啊，繪梨奈。」

「被誇獎了」的五秒鐘後。「呀喝——」的三秒鐘後，手舉起來了。

她是自己停止了時間嗎？應該已經對此司空見慣的小今小弟也不禁苦笑，有香小妹妹也克制不住地笑了出來。

……不過。

完全沒人想要避免這件事東窗事發。真是毫不隱藏的，純粹的扭曲。

但是，我卻得找出和擁有這種精神的小孩子們的共存之道。

擁有不同文明的外星人在和地球人交涉的時候，心情是不是和我一樣呢？

不過，我想應該會變成『你給我閉嘴』，然後被地球上的大家扔石頭的狀況吧。

而白太失蹤這件事能引起多大的騷動也還是個未知數。

久屋、今池、吹上、野並這四個家庭，根據金子同學的八卦情報，他們便是讓這棟公寓一直惡評如潮的原因。

……因為大家都說從小孩就能看出父母的德性，所以我現在該讚嘆「的確如此」，低頭承認這件事嗎？嗯，是真的還是騙你的隨便你怎麼判斷。

第一回合就先到此為止吧。

我大口喝下濃縮柚子果汁，結果噎到喉嚨，在內臟引起一陣潰爛系的燒灼感。

然後，收音機體操的歌曲搖動了我的耳膜，我看向窗外，尋求令人發悶的平穩。

嗯，讓我將這個狀況做一次簡單的前情提要吧。

若要快速地說明，這個事件似乎是他們進行的遊戲。

今池利基、吹上有香、野並繪梨奈，再加上久屋白太。

從十幾年前起就住在同一棟公寓，臭氣相投的這四人所進行的推理遊戲。

『誰砍了鶴里新吾的頭？』

無法滿足於當一名坐在台下觀賞的觀眾，他們開始朝舞台上進攻。

而這個遊戲，是他們四人在國小高年級的時候提案的。

被選上擔任舞台開場角色的是獨居在同一棟公寓的鶴里新吾。調查住在這裡已有數年之久的他的私生活，發現他十分缺乏會來找他的人或朋友這種與外部的聯繫，於是做出「就算突然失去聯絡也不會有人為他擔心」這種對當事人來說非常失禮的結論。而他便因此在昨晚成為被殺害的對象，死後還得被當成玩具玩耍。

遊戲開頭，首先要有一個人殺害鶴里新吾。實行時間和由誰下手都不事先決定，不知道何時開始正是這個遊戲的醍醐味。當然，其中也有永遠都不會開始的可能性存在。然而他們全都深信著同伴中的某人一定會在某天啟動這個遊戲，就這樣子過了好幾年。

而就在盛夏的某一晚，就像新的怪談滋生的溫床，這個遊戲成形了。

砍頭的犯人必須對屍體做三個處理。

切斷死者的四肢之一並帶走，還有就是要砍下屍體的頭。

接著小心翼翼不被發現地將屍體運到公寓內當初四人指定的地點當作遊戲開始的訊號，犯人的工作就順利結束了。

剩下的三人在發現鶴里先生（已故）的時候，都要親手切下他的四肢之一成為共犯，同時也做為參加遊戲的證明。

該說什麼呢——如果只停留在想像階段，還能當作「真像這個年紀」然後一笑置之，但是近年來思春期的小孩都具備了莫名多餘的行動力，他們的惡作劇真會讓人難以不當一回事。

夏天會讓人膽子變大——這個說法看來是真有其事。個人推測原因或許是大腦的螺絲被熱氣給融化了。說起來大江家的人一年到頭都繭居在家，每個人的皮膚顏色都幾乎像是要從黃種人辭職了一般，腦漿流失的程度都很嚴重啊。因為那個家裡省略了法律與規則這一類東西，心都處於無重力狀態，所以支柱的骨質密度都因此衰退了吧？

ㄏㄨㄟˊ ㄉㄠˋ ㄓㄨˇ ㄊㄧˊ。再按下變換鍵就變成了茴稻煮蹄。感覺還挺香的。

……咳咳。就如先前所說，鶴里先生的軀幹被藏在冰箱裡，加上他又是個很少和外界聯繫的人，所以應該會很晚才被發現。「這公寓四周怎麼老是有把老鼠做成醃漬食品的臭味」，或「不不不，這位太太，那是腐爛的螃蟹玩泥巴後沒沖洗乾淨就直接上第四堂國語課發出的臭味啦」——這棟原本評價就不好的公寓再被戴上附近太太這一類閒話的花圈，可能會更令人敬而遠之吧。這是我擅自的想像，也就是騙你的。糟糕，有點難收拾了，撤回。

總之也就是說，他們將變成空屋的鶴里宅當成小孩子們憧憬的秘密基地來使用，從一大早見面就沉浸在推理的愉悅之中——

推理除了四肢之外，砍下了鶴里先生的頭的犯人究竟是誰。

比起切下手腕，切下腦袋的罪更重（大概）。而接受了這一點而踏出第一步的犯人，在這個推理遊戲得以實現的層面上，想必會沐浴在大家的一片讚賞中吧。

真是美好的走一步算一步啊。這些孩子們究竟有沒有考慮過在結束以後要怎麼處理遊戲所使用的屍體呢？不，我想他們一定是滿溢著「一定會沒事的啦」這種精神。

……嚼嚼、嚼嚼……呸！哎呀失禮了，讓各位看到了不好的一面。

不過，這個事件中發生了唯一一件出乎他們意料之外的事。

那就是犯人候選人的共犯之一——久屋白太的失蹤。

而雖然他不在，鶴里先生的四肢仍然像貫徹了他的參加意志似地消失無蹤。

就像杯底看不見的泡泡一般，不穩分子的勢力抬頭。

該不會是犯人提供了雙重的刺激，久屋白太也是被害者？

就在三人如此臆測時，出現了帶著右手，自稱是「代理人」的我。

還不可以信任……但是，這種意外事態被當作能夠讓遊戲更有趣的調味料，而被接納了。

之後要如何讓事件的發展變得歪曲，還得花費我一番苦心。

可是，為什麼事件發生後隔天久屋白太就失蹤，而我卻持有了鶴里新吾的右手呢？

這個原因，就在今晚應該也會進行的「飼育」的觀察中說明吧。

不過在那之前，我想先請各位聽聽舍妹的優點。

今天早上啊，我從鶴里家回到自己家的時候，發現茜坐在餐桌前，上半身卻趴在桌上。飯連一口也沒動。「我想和哥哥一起吃啦——」她是這麼說的。抱——

習慣雖然是媽媽造成的，不過個性卻是由菜種養成，因此這孩子成長的指針和桃花剛好完全相反。真是諷刺的交換呢。而沒有特別受到我父親和潔先生的影響也是一個諷刺。

好啦，繼續下去吧。突然感到有種露出了名為醜態的羞恥狀的感覺，這是為什麼呢？

即使到了夜晚，酷暑依然沒有告退之意。逼人的熱氣潛藏在黑暗之中，讓我像鐵板上的柴魚片一樣扭著腰手舞足蹈。空氣在同樣的位置停滯，我不禁懷疑起它的溫度是不是與和人肌膚相觸時一樣高。

最近，我在夜晚外出散步的次數飛躍式地增加。雖然因為是接受極機密任務的委託，所以不能輕易地告訴你理由，總之就是因為我再繼續當無業遊民下去會讓世間對我的觀感變差啦。就算是我這種人，好歹也得像被炒魷魚的一家之主在噴泉廣場打手機；或是學生在咖啡廳把明明就沒響的手機拿在耳邊，劈哩啪啦地說著專業術語的遊戲那樣虛張聲勢一下，否則身為大江家長女的我可是沒那個臉面對這社會啊。我是這麼想的。我也承認這是騙你的。只是單純的殺時間啦，不行嗎？成為人生勝利者的關鍵，就只在於如何有意義地消耗自己的壽命這一點喔。

「時間就是金錢，要是這樣，還真想拿我這過剩的時間來換錢呢。嗯，真的。」

壽命什麼的，到三十歲左右就相當足夠了……只有我這麼想嗎？這是不是被媽媽的生死觀就近薰陶太久的緣故呢？但是感覺很難從中挑出錯誤。

會被我的死影響到的人，真的很少。數量不知道夠我彎下幾根手指頭？

而在死亡時沒有意義的人，活著的時候應該也沒什麼價值才對。

接下來。

經過桌子看起來很黏膩的拉麵店；被便利商店的燈光所吸引；路途微妙地缺乏魅力。我要不是因為金錢因素而得拋棄玩心，倒也不是不願意像金子同學那樣和動物散步。在幻想中，我的每一天都是動物之森啊。當然，若是鋼琴之森也沒問題，別看我這副德行，我可是很熱愛鋼琴、從小就以卓越的才能和溫婉的手指……什麼也彈不出來。正確地說是演奏不了樂曲，因為我根本就沒學過鋼琴嘛。

只不過是我的老家有一部積了許多灰塵的鋼琴，而那就被當作我的玩具罷了。第一次摸到鍵盤時，因為是那女人的所有物所以更令人難以置信，它發出了如此美妙的聲音，讓我感動到熱淚盈眶。不過其實並沒有。因為那個時候我早就已經哭出來了。真是不歡樂。

「真是個沒意思的地方啊──」

沒有霓虹燈；沒有叫賣的喇叭聲；也沒有警笛這些驅動人類五感的物品，只有一間又一間已經打烊的店家。

雖然常有人把這種地方稱為鬼城，但我看就連幽靈也因為沒有人可以嚇而缺乏存在價值，全都搬走了吧。

「杳無人煙說的就是這種情形吧。」冷清到就算走在車道正中央也不會被罵。

不知不覺得意忘形了起來，「啊哈——嗯哼——」地扭動起身體……當然是騙你的啊。嗯，真的。騙你的。我才沒有因為很熱就把浴衣褪到肩頭啦，真的。

不過這個地方的治安，深夜在外遊蕩發生危險的機會似乎比柳樹下出現幽靈還值得期待。外面的世界很危險喔——菜種和媽媽都這麼評價。但是和她們生活在一個屋簷下反而更危險吧？事實上我就差點餓死，都快要能看見奈何橋了耶。

啊啊，當然，我在晚上還是一樣穿浴衣。這是我的原則，每天都要像參加祭典一樣。

「咦？你問我為何半夜還打和式紙傘？因為我被教導，買來的裝備不能擺著不用啊——」

我以盛大的說明口吻將自己的穿著打扮傳達給不明的某人。這個世界上存在著我所看不見的次元喔。而我與那個地方之間的關聯，就只有「傳達」而已，而究竟有沒有傳到或什麼的，就沒辦法期待那裡給我回應了。哎呀呀，我這究竟是在說些什麼東西呢？

不過，除了現在是晚上之外，或許也和我視力的低落有關係，眼前都是一片朦朧。這都要怪我自己在大江家自己的房間裡看書時總是不點燈……唔，看的是漫畫就是了。但是，總是和掌上型遊戲機切磋琢磨的茜，現在視力卻仍是二點二以上。

近視只不過是眼球為了將身邊的東西看得更清楚而做出的適應——媽媽是這麼解釋的。而這在某種意義上，也可以解釋為是為了讓人失去探索周圍環境的餘力呢。

不管是父親和媽媽；菜種與貴弘，都一樣在那個被封閉的家裡過著與牆壁對望的生活。

「……呵，真是貧乏呢——」回想起來，自己竟然只有兩個家族。

算了，故事的主角不要流連於過去而是要放眼未來……所以這倒也剛剛好吧。而主角偶爾還得拚命從逆襲而來的過去手中逃亡就是了。

轉換心情，將不知何時低下的頭重新抬起。紫色的和式紙傘在夜中看起來也變得汙濁，嘲笑著本地工匠的技術水準。

在從公寓發現目的物為止，我都只選擇固定的散步路線。因為若是在開發新路線上投注心血結果卻迷了路，那可是本末倒置。和我沒有血緣關係的親人都說我是責任感很強的人喔。嗯，真的。所以我得繼續觀察「那孩子」才行。

走上一條道路，上頭掛有兩個汽車圖案像是向前看齊整隊的小學生一般的標示牌（註：快速道路），開始遠離住宅區向田園地區而去。繼續前進，一整列與人煙稀少相呼應的租賃倉庫以及棄置著廢材的廢棄倉庫在沿路擴展開來。

再直走下去似乎有一間棒球練習場，我在散步時偷看了一下，應該是已經倒了。根據某人自傳的第二集，那個某人似乎在這裡有些回憶。啊啊，我的嘴又擅自說出莫名其妙的話……我是不是有靈媒的才能啊？還是舌頭限定的精神分裂症？大家都說我有兩條舌頭（註：日文中的二枚舌意指說謊），是否就是因為這個原因呢？

「……也差不多該到了。」因為沒有帶錶，所以就交給生理時鐘……哎呀，來了來了。畢竟每次的路線和時間帶都一樣，所以很好找。而且，要前往什麼場所也早就知道了。

若是位於對方夜晚的視野所不及的範圍，就算不躲躲藏藏也能輕鬆地跟蹤。我收起紙傘，擦了擦稍帶濕氣的掌心，眼睛盯著對方的背影。

那是個走路搖來搖去；忽左忽右，在街道上徬徨的女孩。無謂的動作真的有夠多。她走路的速度慢到若要配合她的移動反而會累死自己。就像蝴蝶或蛾拍打翅膀飛行，畫著除了對當事人之外只是無謂的軌道前進著，這樣也能跟丟的話就該去看眼科了。

長到幾乎接近腰部的頭髮沒節操地甩著屁股，活像根掃帚，而褐色系的髮色也對此提供了貢獻。她的上半身一動，長長的衣服下襬就搖來搖去——沒錯，簡直就和我一樣——只限打扮部分的話就活像是我的素描呢。嗯，真的，那當然。

總覺得那孩子穿的衣服似曾相識呢。一定是的。那是處處混著洗不乾淨血跡的——一件淡紫色的浴衣。

「只要她不是專偷衣服的竊盜犯或是把剝光別人衣服當興趣的山賊，答案就只有一個。」

記得她的名字是ㄩˋ ㄩㄢˊ ㄇㄚˊ ㄧㄡˊ ㄗˇ。芋圓麻由子？天底下有這種姓名嗎？人的名字很難在記憶中留下刻痕，一旦需要回想起來的時候總是會找不到線索呢。而且在我忘卻的彼方，這和『那個』好像又有什麼關聯。之前在那棟宅第裡鬧到發慌的時候曾經一度提起這個話題，但是卻被四兩撥千斤推掉了。

不過不管怎樣，對我來說都是鄰居未滿。大概只有在去超級市場的時候，這一生大概都和嘴裡哼著「啦啦啦——今天要吃肉啦啦啦，嚕嚕嚕發薪日——」這種快樂的傻樣子無緣，只能挑著烏龍麵和沾麵醬汁的我，才偶爾會碰上她，然後投以欣羨的眼光。看她那樣子用國產和牛把購物籃塞得滿滿，嗚—嘶—嘻—嘰—！……失禮了，那超乎常理的行為讓我稍微失了方寸。好想要蛋白質啊，我已經厭倦對肌膚好的日子了，尤其是茜現在正在成長期，要是不在現在把她餵養成肥鵝肝，將來八成會像我一樣……算了，這個部分怎樣都無所謂。好，差不多該把意識集中在麻由子身上了。

麻由子並沒有特別對周遭保持警戒——不過說起來這裡也沒什麼值得注意的東西——看起來並不是很了解自己處於什麼樣的立場。光是在晚上出門這一點，就多少該注意他人的視線了。她那會被大多數同性討厭的美麗容貌以及引人注目的浴衣裝扮，肯定讓人印象深刻。

注意著不發出腳步聲，我悠閒地看著不時會停止動作的麻由子的動向。她還是老樣子，行動模式介於人與方程式之間呢。

能和耐人尋味的不愉快感這麼自然地融為一體，光是這一點就值得讚嘆。

例如，我走在路上的時候視線總是會飄移不定，會緩緩地變換角度，將視線轉向各式各樣的景色，偶爾還會確認一下自己的腳邊。

但是她的行動就完全看不出有這種傾向。

瓦楞紙箱裡有一隻病弱的棄貓（這個城市的不良少年都在幹嘛啊！），若是在道路另一頭，麻由子應該會完全加以無視吧。但是即使這個紙箱和病貓就在她的行進路線上，她應該也還是會視而不見地直接踩過去，繼續走她的路。

擁有這麼狹窄視野的人，在這個世界上真是太稀有了，她總有一天會成為世界之敵……完全沒有這個預定。不過人類之敵的話倒是有點像她的天職呢。

啪噠啪噠，橡膠製草鞋的聲音從前方傳進我的耳朵。在這個冷漠而無存在意義街道的夜晚，她是為了追尋什麼而左彎右拐地邁進呢……答案將在五分鐘後，要是能揭曉就好了。以她那種像是仰望星空遊山玩水般的速度，實在會讓人不禁想放棄繼續跟下去。這種時候要是有一台電風扇在身邊，或許多少還能忍受。

……中途省略。來到住宅區邊緣的時候已經是十五分鐘後了。而路途中，麻由子大約有六次讓自己右腳絆到左腳差點跌倒。

欠缺人工物點綴的田野道路，零星電線杆上的電線在夜空中更是顯眼。從這裡再更往前走有一間廢棄倉庫，那裡就是麻由子和我的目的地。

我低著頭走路，小心翼翼地避免因為踩到四散在倉庫周圍的資材而發出聲音；但麻由子則是毫不在意地以腳步演奏出鏗鏗鏗的聲響。在犯罪行為中做出這種行為，真是脫線。

啊啊，在倉庫裡雙手被反綁在柱子後頭的，就是目前絕讚監禁中的久屋白太喔。

而這就是眼前最大的問題。真是傷腦筋呢。

綁架犯當然就是麻由子。因為我從頭到尾目擊了一部分的現場。就在我住的公寓附近，深夜在外徘徊的麻由子不知是想到了什麼，毫無前兆地攻擊了拿著鶴里先生的右手，意氣風發地要去向同伴報告的久屋小弟。對於傷害他人之行為毫無躊躇的行動，不禁讓我想起我們家的長男。她就像腹肌異常發達的巨蛇在地面高速爬行襲向人類，然後輕易地讓獵物斷氣，那種行動方式讓她的肉體看起來相當缺乏身為人類的要素呢。

揍了五拳左右，拖走，帶到這裡。

迅速俐落地以倉庫裡的繩子進行即席監禁。廢棄的倉庫在一夜之間成為故事的舞台，而久屋小弟因為大意而落敗，被麻由子丟在現場的右手則被我給回收。

然後舞台回到今晚。

久屋小弟低著頭像睡著了似的，但是在聽到腳步聲以後就抬起了頭。他的嘴裡咬著口塞，因此能夠大肆表示抗議的只有雙腿。他的腳跟敲打著地面，強硬地向麻由子提出自己的主張。

不過我個人覺得為了安全起見還是安分一點比較好。這是我多心了嗎？

因為，有哪個綁架犯會幫助被自己綁架來的人呢？嗯，大概是真的。

麻由子只是冷漠地在放置資材的箱子上準備著他的食物。

打開包裝取出一個麵包，在走近久屋小弟以後硬拉開他嘴裡口塞的瞬間一把塞了進去。久屋小弟就連進行抱怨、質疑、痛哭任何一種動作的時間都沒有，只能因為呼吸困難而淚眼盈眶。他的雙腳不停掙扎，被綁在身後的雙手也努力嘗試想破壞柱子。

不過似乎是有點戰鬥力不足，他的行為完全沒有產生效果，反而還差點把自己的肩膀關節搞得脫臼。大概吧。如果久屋小弟的想法是「在這種地方能幹的娛樂也只有討皮肉痛了吧」，那我可得對他的膽量重新評價了，不過看來這只是他普通的性癖好。

強塞完麵包以後接著是水攻。將裝在寶特瓶裡的水——恐怕是自來水——咕嘟咕嘟地猛灌進久屋小弟的嘴裡。他的眼睛已經不是黑白兩色而是充血的紅白，都凸了出來。不過其實他是死是活我都無所謂啦，自來水日文漢字寫做水道水，正唸反唸都沒問題呢……啊，我忘了幫久屋小弟遭受水攻而痛苦的情形配音。騙你的。

寶特瓶一離開他的嘴，久屋小弟便立即表演起了噴水的技藝，也不管自己的瀏海正被抓在麻由子手中，就激烈地甩著頭把嘴裡剩下的水吐了出來。

水噴向站在正面的麻由子的浴衣，但是當事者本人並沒有刻意閃躲，只是將身體向前傾。看他嗆著的水都咳完了以後，不給他說話的機會便將口塞堵了回去。

……進行著那麼愉快的欺凌，都沒有什麼感想要發表嗎？真失禮呢。

不過，真虧她能把人綁架到這種地方，這是什麼樣的興趣啊？

麻由子左顧右盼地轉著頭。現在的動作——不是警戒而是尋求著什麼東西。她的肌肉真柔軟啊。那個……是不是有什麼意義呢？

那個是……目的？……還是在期盼正義的使者出現？不管是在我前面還是後面的你，你怎麼想？正確答案請等待一百六十頁後揭曉。

收拾好麵包和寶特瓶，麻由子一句話也沒對久屋小弟說就轉身走了出去。從她毫不留戀以及欠缺人情味的行動來看，一點也感覺不到有任何情感存在。看來這個城鎮除了『那個』之外，還有別的昆蟲人類存在啊。

如果那個是「螞蟻」，我是蟋蟀，麻由子就是螳螂吧。而人類是寄生蟲呀——是蝨子呀——！該從地球上消失呀——！……失敬，我又失控了。要說我瘋了也行。嗯，這樣真討厭。

在暗處目送麻由子離開廢棄倉庫，接著換我溜了進去。久屋小弟對與我第二次來訪的邂逅並沒有感到特別吃驚。

「晚安，你心情好嗎？」

他以不歡迎的視線仰頭看向我。雖然因為嘴巴被堵起來而有點難判斷，不過看來是心情不太好吧。畢竟昨天晚上對他「為什麼不救我！」的控訴充耳不聞的女人連續兩天出現，用猜的也知道現在在他心裡交織的是哪一種情感。

昨天晚上也是像這樣跟蹤麻由子而遇到了久屋小弟，然後問出了「遊戲」的內容。條件是我妥善保管鶴里先生的右手。不過幾乎是半強制啦。

不過我在翌日就讓這個約定失效了。不過這也不能怪我就是了，你說是吧？

和昨晚不同，今天一接近他就聞到一股惡臭……啊啊，是下半身的關係吧，這樣子坐起來應該挺不舒服的，不過我可沒興趣當他的看護。

「我今天是來救你的喔。」

微微屈身，用比甜酒釀還要來得醉不倒人的表面的親切看著他。

……嗚啊？啊啊啊？

啊啊，糟了，現世報來了。

一時大意，讓狀況變得太像了。

過去露出了獠牙。

我來救你了。救你？救什麼？我，沒有做錯事。也沒有不滿。什麼都沒有。

不要碰鋼琴。

騙人、騙人、騙人。

騙人、騙人、騙人————————噫————————！

「嗚、咕嘰、啾嘰、噫……」

過去蟲從記憶的屍骸內部開始啃食。蹲下。因為痛楚而跪地。呃嗚呃呸喔嗚嗚實在是「啊嗚嗚嘔啦，但是卻嗚嗚嘰嘎——」嘎、嘎、嘎、嘰。

咬得太用力，不知道是哪顆牙齒崩掉了，碎片像小石頭般在我的舌頭上跳舞。向剛才的久屋小弟看齊把碎片一口吐了出去以後，擦擦嘴角，解除身體的蜷縮狀態，復活。

久屋小弟也忘了眼前是什麼狀況，掙扎著想遠離我。

見此，我投以微笑——別名「皮笑肉不笑」。這已經是我能做到最大的程度了。

「失禮了，對著鋼管發狂實在不是淑女該有的行為呢。」

其實應該不用區分到這麼細，對人類來說也是不合宜的行為吧。

「啊，還有就是，剛才的是騙你的。為了我方便起見，還得請你在這裡待一陣子。救你出來會是很久以後的事喔。」

久屋小弟的眼睛在黑夜中死盯著我。呀，真害羞。只不過那視線中夾帶的是憎恨。但也是因為這樣才更有趣嘛。

畢竟我是個超級S。嗯，真的。

「我現在只是來報告現況，其他三人也把鶴里先生切成小塊各自持有了。這樣子下去，遊戲或許就會在你缺席的狀況下開始進行呢。」

我又補了一發壞心眼。強烈的焦躁感讓久屋小弟的表皮失去了平衡。

這表情真不錯呢。原本是一張活像泡在水裡太久使得味道和口感都糟糕透頂的土司一般的容貌，現在卻因為猛烈的歪斜而產生了愉悅。

老實說，我還想繼續用各種殘酷言語不斷攻擊他。

不過，茜還在家裡等著我，也是時候結束玩耍回家去了。

……算是，家嗎？那棟公寓？在我的認知中？哦。

「在那之後，你的家人似乎並沒有因為你的失蹤而有什麼太大的騷動，你們這群人還真是個歡樂的集團呢。」

簡短的報告後切換到評價，談話結束。因為惡臭不停傳來，實在不想再待在這裡，便將久屋小弟的抗議當作馬耳東風（參考了麻由子的做法）迅速離去。到今天都還沒打算拿掉他的口塞，我對他的無禮態度自然是更上一層樓了呢。

走到馬路以後來了一次深呼吸，打起傘試著杜撰歌曲：

「稀哩稀哩嘩啦嘩啦——……騙你的——」因為沒有自由操縱天氣的能力，所以我立刻配合現下的情況改變歌曲。「……比例補熱摸寧桑（believe the morning sun）~♪（註：電玩遊戲「MOTHER」的BGM，「POLLYANNA（I BELIEVE IN YOU）」）……哼哼哼哼哼——♪」

這是因為我只記得一小節的歌詞，不是途中改用哼的含糊帶過喔。

嗯，真的是騙你的。

高昂的好心情帶來莫名的滿足感，我被這感覺驅使而仰望天空。

……不過，究竟是為什麼？

麻由子為什麼要綁架久屋白太呢？

「啊，湯女哥哥早安——」

快活的，這世界上的男性諸君都會感到歡喜的清晨問候。不過，被道早安的對象卻在一日之始就額頭發青、一頭鳥窩似的亂髮。

「早安，我今天好像有點睡過頭了呢。」

看了從垃圾場撿回來的時鐘，已經早上八點了。擦去睡覺時冒出的一身汗，我坐上桌前的椅子。這張椅子也是撿回來的喔。因為，我窮到連錢都沒有嘛（註：原文為貧乏金なし，改自日文的貧乏暇なし，意指窮人為了生活而不得閒）……哎呀，你說我講錯了？可是，在意義上應該是正確的，這應該不需要我再解釋。

昨天離開倉庫以後便直接回家，洗澡以後就寢……唔喔，因為頭髮只擦到半乾就睡了，結果一早醒來頭髮變得像傳說中的超級戰士（註：出自《七龍珠》的超級賽亞人）一樣。就算溫柔和憤怒想要攜手合作，不過雙方應該都沒有庫存。

「哥哥——哥哥——妳晚上跑哪裡去了啊？」

茜滑進我的腳下，以女孩子的坐姿坐定。一瞬間，這個情景與金子同學家所飼養的次郎的幻象重疊了。只有一瞬間實在太可惜，我決定以後要把這景象做成大大的拼貼（collage）。當然是騙你的。

「喔呵呵，就是人家說的那種，大人的社交場合啊。」

「……………………」

這孩子，就算聽不懂也不做任何反應呢。學習欲望有點微妙的不足。

「這個嘛……如果要解釋成茜聽得懂的東西——」言語停頓，四處張望。畢竟本來就是說謊的，所以我根本沒有頭緒。啊啊，因為『那個』總是像這樣總之先說謊再說，所以之後才會苦惱於如何對應吧。真是缺乏建設性。

朝被塞在撿回來的垃圾山裡的右手一瞥加以確認，看來並沒有被茜翻出來玩耍，而腐壞的程度也還沒有到達會讓臭味充斥整個房間的地步，總之暫時可以安心。

「茜，妳早餐想吃什麼？」我把話題轉移開。反正我本來就只想唬弄帶過，這樣一來更是一石二鳥。

嘻嘻。正確地說是嘰嘰才對。我露出一個發出像是生鏽金屬摩擦般聲響的笑容。

附加上這樣的表現，不知道她會不會滿意？

「我想想——我要吃燉菜！」這邊的是純正品——嘻嘻。吱吱——也前來支援。

「這樣啊，妳想吃煎蛋捲是吧？」「嗯——」「那就去準備碗盤和筷子吧。」「嗯——」「挺胸——」「嗯——」

由於這只是日常的一般對話，所以茜一點也沒有失望的神情，還是老樣子駝著背慢條斯理地準備碗筷。而我則是捲起袖子伸展一下身體，然後打開冰箱。因為比起工作，我更喜歡做家事。湯女，加油！我此刻倒也不是沒有那種，被搞錯了立足點的幹勁所驅使的感覺，而各位又是打算怎麼度過這個夏天呢？誠心的暑中問候（**註：日文的暑中見舞い指的是大約在夏至到立秋之間，一年中最熱的時候對親友的問候**）到此結束。

「鏘啷啷——完成啦。」

中間的過程省略。完成的早餐是味噌豆腐湯、煎蛋捲，還有白飯。就和兩天前的一樣。不過這也沒什麼能抱怨的，茜是因為有煎蛋捲而原諒了我的不賢淑；我則是同情乾扁的錢包。

我們面對面坐下，拿起洗淨的免洗筷——「我開動了。」「我—開—動—了—」用餐開始。

茜狼吞虎嚥地大嚼；我則是慢條斯理地把食物積在喉嚨再配著水吞下。

這個地區，即使是沒有淨水器的家庭也能安心暢飲美味的生水，真是太慶幸了。

「吃飽以後我要出門，茜就自己打發時間吧。」

「嗄——妳今天也要出去喔？我可以一起去嗎？」

茜以筷子叮叮咚咚地敲著碗。她在這裡生活以後習慣變差了呢，是誰害的啊？

「駁回。獅子不可以和被自己推下千丈山谷的小孩一起家族旅行！」

「妳在說什麼啊？」

「關於這個疑問，我想在電話諮詢室再討論。」因為許多方面來說都太複雜了。

噗——茜露骨地膨脹起來。我從以前就覺得她表達感情的幅度還真寬廣。雖然她已經不再提到桃花的事了，不過這總比讓她在梅雨季時惆悵感傷來得好多了。

「妳待在家裡玩不就好了嗎？」

「因為遊戲都玩膩了啊。又沒有舊的可以玩。」

也就是說我得去買新發售的遊戲才行了。不過這辦不到啊，我們的生活可是捉襟見肘，就連洗衣機也沒有，衣服都是在浴室裡用手洗呢。

「真拿妳這孩子沒辦法耶，就不能忍耐一下……下、下、下？」就在此時，靜電突然流竄過我的身體。

「妳怎麼了——？」「唔。」雖然不明瞭善惡的價值，不過我心裡突然興起了一個頗值得玩味的疑問。

就等之後再好好捫心自問或問茜吧。

放下筷子，吞下豆腐，然後——

「茜，我現在要和妳約定暗號。」

「喵？」她的口依然就著碗，只有視線對向我。

「我或妳一個人回家的時候，要敲門二十次，然後裡頭的人才可以開鎖讓對方進入。如果沒有這個動作就直接按電鈴，就算聽到對方的聲音也絕對不可以出來應門，要直接無視。」

「咦——？嗯，我知道了——這是秘密基地遊戲嗎？」

「不是遊戲喔，我們現在正被捲入一起很缺乏現實感的真實事件。」

「…………」

「晚餐要吃什麼？」「起司蛋包！」「我就當作參考吧。」

雖然不確定這樣的提防能不能發揮功效，不過還是姑且給她一帖「我正在做些什麼」的充足感的片段。畢竟，我們兩個都太缺乏緊張感了。

之後則是進行著「要不要去游泳池？」「我不想喔。嗯，真的。」「我想和湯女哥哥一起去啦啦。」「請恕我不奉陪唷。」這樣一來一往的對話，度過了不冷不熱的用餐時間。

先吃完的茜喊了聲「我吃飽了——咻——」就將雙手伸成水平跑走了。

既然那孩子能這麼悠哉，應該代表她多少還有點救吧。

「…………」深深地坐回椅子。「呼——」沒有意義啊。

老實說，拐彎抹角的每一天的開始，都讓我感到相當疲憊。

這些事，不做也罷。

離開這棟公寓前去尋找新天地，這麼一來所有的解決方法應該就會一擁而上吧。

但是我有些原因，無論如何都無法離開這裡。

例如我這不太能提得起勁打電話給警察的身分。應該說根本不能打去。

因為，我們不是善良市民嘛。就連茜都不知道有沒有戶籍呢。

不，說起來其實就連「大江湯女」也是虛構人物，實在沒資格對別人說三道四，喔呵呵。

身分曖昧不明或是失去記憶這種事，對主角來說根本是家常便飯嘛，哪裡有什麼大不了的。

嗯，例外一大堆呢。

「……澳已為額麼為彥成惡樣痾（到底為什麼會變成這樣呢）？」

我連對嘴裡邊咀嚼東西邊說話這種沒規矩到極點的行為感到羞恥都力有未逮呢。騙你的。

「湯女哥哥——」茜的聲音從隔壁房間傳來。

「妳要是在外頭盯著我的胸部這樣叫我，我會把妳的頭安裝到相反方向喔。什麼事？」

「我們已經有好多錢了喔——」

「……………………………噫、噫呀——」

唉，很多方面都是，到底為什麼會變成這樣呢？

若要直接說明發生了什麼事，那就是我被妹妹叫做哥哥了。

茜在十四歲的時候因為某個一口氣完成的大工程而產生改變，

而這對於欠缺義務教育過程的我來說實在太新鮮了。

我變成俺，右變成左，好熱變成好冷，姊姊變成哥哥。

對於這種活像黑白棋能輕易扭轉成相反的價值觀，

她本人似乎不覺得奇怪。

家人對此是感到憐惜嗎？還是嘆息呢？

或者是，拍手喝采？

之所以想不起來，

是因為我的心思都只放在媽媽和桃花身上的關係嗎？

她真是個「幸福」的孩子呢。

……啊啊，不過她只有一件事沒有變成相反。

我覺得，她只有笑容的使用方式比我來得正確呢。

第二章「P4（paranoia,poison,personal,promise）」

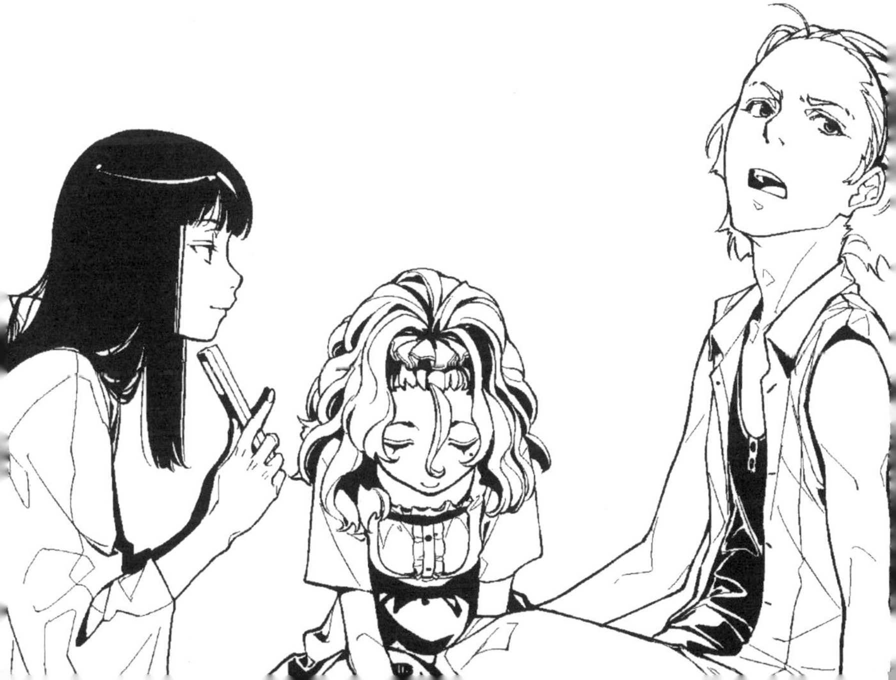

某人的願望滿足時。
家族洋溢一片歡笑。
常被誇獎臉蛋漂亮。
努力就會得到鼓勵。
其他人也常常歡笑。
夢一般的時間流逝。
每天都讓大家開心。
這個就是我的工作。
我和家族一起生活。
一整天都待在家裡。
很多大人物出現了。
我可以去上小學了。
有陌生人找我說話。
那個人說要拯救我。

某人的拳頭飛舞時。
我總是一臉的眼淚。
被嘲笑哭臉很好看。
眼淚很快就不夠了。
家人以外也用暴力。
意識常常離開身體。
他們被支付給金錢。
那筆錢維繫了家族。
家人之外也是敵人。
我不懂什麼是外面。
是附近的人叫來的。
家族表面變溫柔了。
除了自己我全都怕。
她拜託我讓她綁架。

我不懂發生什麼事。　我不懂那話的意思。
我的手被硬是拉住。　初次看到溫柔笑容。
我試著向四周求救。　我叫那個人做媽媽。
我得到契約和家族。　我得到訣別和自由。
我成為了大江湯女。　我失去了佐內利香。

「……他啊，這種事是常有的啦。不過讓我感到奇怪的是，這次其他人都沒有和他一起。因為那些孩子們從以前就和他走在一起嘛。不過枇杷島家的孩子有點難相處就是了，這果然是因為她畢竟是會犯下那種殺人案件的人吧……」

「……………………………………」真希望妳能注意到，妳的孩子也和妳口中的枇杷島處在相同的世界。

不，就算直視這個事實，她也有可能拒絕接受其中的含意吧。

清晨，我如同自己所宣布的，將茜留在家裡獨自外出。

在走廊遇上出來拿報紙的久屋太太，然後被逼著聽取冠上寒暄之名目的自言自語。朝陽逐漸升高，黃色的陽光燒灼著我、樓梯扶手，以及聊天的現場。

途中，帶著次郎出門散步的金子同學（其實是抱在懷裡散步。保護過度？）混在做完收音機體操的小孩群裡，經過了公寓前方。不過我們只簡單地「早啊——」「哎呀，你也早——」便結束了交流，他並沒有多做停留。不過，我沒錯過這數秒鐘之間他對久屋太太投以的複雜眼神。

「白太他……啊，就是我家兒子，反正他還有乖乖上學，所以我不擔心啦。他和吹上家的女兒還有利基上同一間學校。他們裡頭只有小奈一個人沒考上，這樣很傷腦筋啊，感覺有一部分的氣氛變沉重，很難受呢。啊啊，不過考試都已經結束一年了，再兩年以後又要考大學了，到明年的時候不就只剩一年了嗎？又得開始過那種會讓人神經衰弱的日子了啊，家裡的氣氛都變得緊張兮兮，連我老公都變得暴躁起來，真討厭呢——他回家，我去幫他開門的時候，要是被他看到我閒閒沒事睡得頭髮都亂翹，馬上就會唸東唸西。啊，妳家老公會不會這樣啊？咦？妳還沒有結婚啊？嗯——是因為唸的高中離家很遠所以搬出來自己住嗎？說起來常在大白天看見妳妹妹，她是怎麼了嗎？啊，不不不，我不是在調查妳啦，抱歉喔……」

「…………………」腦中已經播了六天份的「三分鐘料理（註：日本電視台的節目「キューピー3分クッキング」，名稱雖為三分鐘，不過實際播放約為十分鐘）」呢。

讓我有點回想起來了。

人和人之間的交際真是煩透了。

不過得到久屋小弟是擅自外宿的慣犯這個有利情報。

「然後啊，那一家——」「不好意思，今天就先聊到這裡吧。」「哎呀，已經過這麼久啦？真是不好意思。妳待會要出門嗎？最近外頭真是熱啊——」「再見。」脫離。強制結束。

久屋太太看來也不擅於交際，帶著昏暗的笑容回到自己家中。

看來她真的不是很在意呢。

自己的兒子可是一聲聯絡也沒有就消失了呢。

他老是這樣啦，所以不擔心。不不不，妳看起來並不習慣。

要計算人會在什麼時候死，就只能藉由殺人來達成。

妳的親人可是唐突地消失了喔？

我也一樣。不過說起來，我不覺得「那樣的關係」算親近就是了。

「不過也罷，這和我沒關係，反而對我還挺方便的。」

看來久屋小弟的失蹤還要好幾天才能引起騷動吧。

「那麼——」

前往集會場所吧。

第一個到達鶴里先生房間的人是吹上有香。

她坐在和昨天一樣的位置，今天是立起單膝，透著若有所思的神情，給人憂鬱印象的坐姿。

好懷念啊，我在國中時期也常這樣子坐呢。不過我沒有過國中生活就是了。

「打擾了——」我向冰箱打招呼。她以陰險的眼神瞥了我一眼，然後又將耳朵和視神經埋回自己的世界。真是這年紀會有的模樣呢——我小心避免自己這麼脫口而出，進入了屋內。

室內熱得要命，一股悶濕的臭味從冰箱渲染到整個房間。再這樣下去，總有一天這個房間的狀態會變成像把腰部以下泡在攝氏四十二度的堆肥裡也說不定。

不過前提是到時候殺人事件都還沒曝光。

雖然有些遲疑，不過我還是按下了冷氣機的開關。不，其實是將遙控器對準冷氣機，並做出將設定溫度往下降一度的暴行。不過，這間失去租戶的公寓的電費，究竟要由誰來繳納呢？我將近十九年來都住在透天厝裡，對住在公寓裡生活的知識可說是相當匱乏，勉強辦得到的，不過就是比較一下房租的高低罷了。

「其他孩子們都還沒到啊？」

音量壓低到呢喃的範圍加以偽裝，試著向有香小妹妹搭話。這麼一來，即使面對這種高機率會遭到無視的結果，也能偽裝成自言自語而逃過尷尬吧？畢竟我早就從一直說話到對方有反應為止這種幼稚的行為畢業很久了。

「還沒。」哎呀，開口了。看來她嘴唇的接著劑並不是那麼牢靠。還是說之前的沉默只是單純出於個性？說到這個，以前宅第裡的潔先生話也很少，不過那是出於環境因素而不是個性。

有香小妹妹的話沒有後續，再次回到自己的美好世界繼續繭居。

原來如此。

遊戲已經開始了呢。該怎麼敲開她的嘴呢？

我的個性是看到消極又內向的孩子就會想去欺負對方啊。之前那個去了我家的女孩，叫什麼名字來著……對了，是個叫做伏伏呦呦，胸部豐滿的孩子。我那時也忍不住稍微欺負了她一下，把她鎖在房間裡呢。雖然沒什麼大不了，不過記人名真的很困難啊，這是為什麼呢？啊，就是因為沒什麼大不了的緣故吧？我竟然自己導出了答案，真是失策。

老大，現在該怎麼辦——會這麼問的助手正在看家，所以看來我得一人分飾二角了。嗯——來調查一下吧。有香小妹妹嗎？好的好的……就是調查眼前這名女性吧，老大？小心別讓對方看出我們的底細。收到……總覺得，好像還混了別的角色？算了，無所謂，總之開始調查嫌犯。

「妳在聽什麼呢？」首先是興趣，從興趣這條線進攻是王道。咦？進攻什麼？

「帕海貝爾的卡農……說了妳就懂嗎？」

舌頭與嘴唇隨便地發出細微的聲音，音質聽起來雖像在口無遮攔些什麼，卻讓人不自覺沉醉其中。那是即使音量不大也依然能將發言權優雅地拉回手中，帶有如此價值之質量的音色。平常是吝於讓這聲音露面嗎？還是說這是她的壓箱寶呢？

「嗯，還好啦。」反正就是像蕭邦那一類的吧。應該是。畢竟字面上的感覺很像嘛。不過話說回來蕭邦又是什麼呢？感覺像是香檳的德語唸法一類的呢。總而言之，我對這孩子究竟在用什麼東西對自己的鼓膜施肥毫無頭緒。嗯——這個發言很乾脆地是騙你的。我終於也開始爬上成為大騙子的坡道了呢。主角之路一直線……哎呀，紙面上到處都沒看到後面未完的文字，這究竟是怎麼回事呢？

「沉醉在音樂裡一語不發是因為個性如此，還是出自於對我的警戒？」

其實應該要先來三發左刺拳之後再打出一記右直拳才是基本作法，但是我已經厭倦於拐彎抹角，便決定直接採取開門見山破題法。畢竟我們也沒有那種必須互相理解之後交換電話號碼相親相愛的必要性。有香小妹妹將立起來的膝蓋換成另一腳，只將對著我的右耳上戴著的耳機拿下，然後開口說：

「因為現在正在進行推理遊戲。」

「嗯？是啊。」

「我在看了推理小說之後發現一件事。大致上來說，犯人都是因為說了些什麼才讓自己被抓包，所以只要不說話就不會出錯了。我是這麼想的。」

「咦？所以說妳是犯人嗎？」

突如其來地取得自白。老大，逮捕她！反過來命令我是怎麼回事啊？好空虛。

「並不是。」她將耳機塞回耳朵，別開了視線。真是個擅長讓人懷疑的孩子呢。

做到這麼露骨，她怎麼看都不像是犯人。在故事裡，封閉空間（closed circle）中唯一沒有不在場證明的那個人，身為犯人的機率通常微乎其微。不過，從將虛構與現實放在一起做比較的層面看來，這個推論的可信度能否成立也很令人懷疑就是了。

「對了，鶴里先生對有香小妹妹來說是個什麼樣的人呢？」

「…………………………」緘默。

「把人的手切下來有多累？」

「…………………………」繼續緘默。啊啊，是為了加深嫌疑吧。

不過，在這個狀況下採取這種態度，只會讓人覺得像是往挖好的墓穴裡填土一般的默認行為吧。老大，現在該怎麼辦？唔，去咬她頭髮挑釁一下好了。請住手。

接著到達的是小今小弟，最後抵達的是艾莉娜小妹妹。當她姍姍來遲的時候，時鐘的指針已經走到了九點。在這之間我試了讓有香小妹妹的嘴唇自動打開的三十六計，不過在途中就被露骨地跑掉了，只好自制。但是看她那個樣子，總覺得就像不會抱怨的桃花。要是把茜帶來這裡應該會有很有趣的展開吧。

小今小弟今天頂著像是巨大青春痘的髮型，以嫌我礙事的眼神瞥了我一眼，然後將主導權拿回手上，發表了活潑有朝氣的宣言：

「那麼，人都到齊了就開始吧！」

老大，是作戰會議耶！不，是滑稽的戲劇啦。而且是不求回報的那種。

「呃——那麼首先先來確認不在場證明吧。」↑小今小弟。

「是，隊長，我有問題。要做這件事，首先得釐清鶴里先生被殺害的時間才行。」↑我。

「那——偶把那天晚上豆時間經夠表寫在地板上——」↑艾莉娜小妹妹。

「啊！這招不錯！呃——要怎麼寫啊？警察也這麼想的話不是很方便嗎，嗯。」↑今。

「隊長。你具體上打算怎麼進行推理討論呢？」↑小女子我。

「喔，就隊長的立場來說……呃，不覺得我擔任這個不討好角色的時機很怪嗎？唔，算了，是無所謂啦。那——這個嘛——嗯，唔——……要怎麼討論呢？在我的想像中啊，應該是很熱鬧的展開啦，想像圖明明應該是大家露出莫測高深的微笑互相刺探對手的虛實，可是現在這種事情會變得拖泥帶水的預感究竟是怎麼回事啊？而且連白太也不在。」↑新潮木桿頭小弟。

「偶正在畫時間表，請等一下……幾點開始算是晚上啊？」↑小艾莉。

「啊啊，這就是所謂的遠足最開心的時間就是前一天做準備的時候吧。」↑我個人。

「那是啥小家子氣的比喻啊？我們要進行的是滿溢著速度感的推理遊戲耶。」↑阿今。

「吃購晚餐以後待在自己豆房間裡，剛開始打算寫督還沒動購豆暑假作業……嗯——途中就厭煩了，然後看到樹上有蟬，就把牠——」↑小艾。

「請觀察四周的氣氛再中斷話題。」↑長女。

「好豆。那溝，偶口以畫畫嗎？」↑女高中生。

「裝作沒事的樣子刺探這個案件，然後從裡頭找出破綻，這就是小今小弟你們理想中的遊戲進行方式？」↑都是我。

「對對對，就是那樣，妳很上道嘛。不過實際上來說，要在一開始就到達那個境界可能太難了點。果然還是得多來幾次累積經驗才行吧？」↑男性。

「麥庫筆，都是黑速豆，會有點膩吧？嗯、那個、誰來——」↑平標準桿。

「那可真是遺憾呢，那麼總之就以在場這四個人來努力把場子給炒熱吧。」↑me。

「唔，也只能這樣啦。不過，景子小姐不是犯人的這件事實在太明顯了啦。」↑you。

「咦？為什麼？」↑偷了母親的名字和其他諸多事物的女人。

「因為妳才剛搬到這棟公寓嘛，而且我們又沒傳過這件事，那麼，妳怎麼會有辦法知道這個遊戲的存在呢？」↑human

「……哦哦，這推理相當不錯呢。」↑Cube的招式的縮寫（註：超級任天堂的RPG遊戲「LIVE A LIVE」，主角之一的Cube的八種招式的頭一個字母加起來就變成HUMANISM）。

「啊，不過，妳也有殺害白太的可能性啊……唉——偵探遊戲還真難。」↑迪斯可（註：出自舞城王太郎的《ディスコ探偵水曜日》（迪斯可偵探星期三），迪斯可是故事中偵探的名字）。

「哎呀，那一位也變成推理對象了啊？那我也真的超有嫌疑的呢。」↑快嘴注意。

「不過不可能是妳殺了鶴里啦，我猜其他人心裡應該也都這麼想。」↑小鬼。
「那溝，有人要提議偶畫什麻嗎？沒有豆話，偶來畫冰箱裡豆人好囉——」↑明後天。
「如果是這樣，為什麼還讓我參加呢？」↑蟋蟀。
「只是想說有一點意外是不是會比較有趣嘛。不過看來還是不行啊，果然還是要湊齊白太四個人來玩才行。老實說好了，妳超礙事的。」↑蚯蚓。
「哦——被這樣不親切地對待還真新鮮耶。我好歹也擁有以各種形式擔任家庭裡的全方位選手的實績喔，嗯，真的。」↑租借家族。
「那就請務必讓我期待妳在這裡也能發揮引爆劑或其他什麼的功能吧。」↑花椰菜。
「請交給我吧。我過去可是人稱比柏青哥店還吵，令人畏懼的喇叭景子喔，我就讓你見識一下噪音和熱鬧的極限吧。」↑半真半假。
「白太還不回來嗎？那溝，偶們要不要去找他？」↑拒絕。
「說起來，有香，妳也說點話嘛，妳這樣是在幹嘛啊？」↑遊戲狂。
「………………………」↑有香小妹妹。
「平常明明話多得要死，突然變成這樣讓人很不習慣耶。」↑真抱歉。
「……緘默。」↑轉頭不理。
「哈——就算故意找妳碴，妳也不會有意見吧，因為妳在緘默中嘛！」↑有點得意。

「哎呀呀，其實我覺得這孩子才是最認真在玩這個遊戲的人呢。」↑護航。

「嗄？是嗎？要是妳知道她平常有多麼長舌，只會覺得她是在惡作劇啦。」↑稍有不滿。

「……沉思默考。」↑沉思默考？微波嗎？（註：沉思默考的日文發音是chinshimokkou，而日本人使用微波爐加熱物品的口語是チン（chin）します）要加熱嗎？

「那購！」↑分貝升高。

「幹嘛啦！」↑小今小弟。回歸原點。

「我可不會讓出冷氣機的遙控器喔。」↑非常認真的我。

「妳也麻煩看一下氣氛行不行？」↑妳也是喔。

「偶，討厭助樣偷偷拉拉豆啦！」↑妳是在找碴嗎？

「妳哪有資格說別人啊！」↑這種事大致來說應該是司儀的錯呢。

「需要我為妳搭配一下更適合妳的台詞嗎？」↑例如「……」。

「他山之石；可以攻錯……」↑緘默。

「啊嗚嗚……沒有欺凌的美好團體，不是很萬歲嗎——」↑哪裡萬歲啊！

「啊——真是的——把焦點更集中在殺了鶴里的傢伙啦！」↑切實。

這樣的討論串感覺如何？不過有一部分聲線零零落落就是了。嘿咻嘿咻。

老大，妳玩這種無意義的遊戲玩得太過頭了喔。哎呀，是嗎？

在這些對話中，我可是比他們發現了更多有意義的東西喔。嗯，一定。

以公寓連續（目前暫時無此預定）殺人事件為主題的爾虞我詐遊戲，就這麼在被世間稱為社團活動的感覺中輕鬆地解散了。在那之後，我們將鑰匙藏在只有我們四人知道的祕密場所。因為是埋在地下，所以應該不至於被過著一般正常生活的人發現吧。

時間已經過了中午，我在那之後又因為有些事而外出了。

那裡雖然絕不是有趣的場所，不過看在冷氣讓房間很涼爽的份上，就捧場一下吧。

在那裡的活動結束要回自己家以前，臨時起意決定繞個路去公園整理一下推理。

要是待在家裡，茜就會纏著我團團轉黏在我身上，以夏天的情況來說，這種行為還真是個不帶惡意的惡整呢。也想過該找個除了我之外的朋友給茜，例如彩色電視小弟，不過它的個性很現實，沒有錢就不來呢。

從建築物裡帶出來的冷氣防護罩已經被從天而降的熱線剝去五分，我開始後悔前來公園散步的決定。這個太陽光線不只對不死生物(undead)有效，而是對所有的生物都給予致命一擊(critical)。不過因為覺得若停下腳步，汗水就會噴出來，只好強忍著繼續前進。嗚——總覺得身體裡的血液像是被替換成了熱水。我有自信，現在要是把義大利麵條插進大腦裡就能煮得剛剛好。真該把那把魚尾獅刑警買給我的和式紙傘一起帶出來。「喔哇剎！」滿溢著肉質感的光飛到頭上了，雙手反射性地往頭頂揮舞試圖將它驅散，於是那道光緩緩地消逝了。

那道唧唧唧唧地在人頭頂鳴叫的光，真面目是蟬。牠似乎是從公共用地伸出的樹木前端鎖定我的頭頂飛落。雖然我不確定牠是不是以想要成為我同伴的視線看著我，不過我可不想要昆蟲同伴啊。尤其是那些借了人類的外型，擬態活在這個社會中的傢伙。

「無機質（むきしつ）」簡稱「蟲（むし）」，我小時從不曾懷疑。「啊啊……」

以發熱的手覆蓋自己的臉。「……嗯？」粗粗黏黏的物質沾附在臉上。「唔唔——」將手伸回來，「喔喔喔喔喔喔」地大幅後仰。不過因為是自己的手所以還跟得上。呀啊！蟬在我的手裡被捏爛了。殘缺的幾個部分還在我的手裡振動，真是活跳跳。

尤其是翅膀，傳來啪啪啪的感受。把掌心在附近的電線杆上擦了擦，大略地弄乾淨。

我剛才真的有把蟬趕走嗎？還是說那只是我的錯覺，實際上蟬是被我抓在手裡了？算了，不管是怎樣，都已經無謂地被你們看到我攻擊性的一面了呢。

不過這麼簡單就壞掉，過程一點也不有趣，對大家真是一種損失啊。

擦完手，我再度將手蓋在臉上，苦惱了起來。與其說是蟬，感覺更像是土臭味呢。

我做出一個說謊的反應。關於生物的部分，有虛假。

昨天雖然說過是第一次被生物觸摸，不過，我明明就至少有被蟲觸摸過的經驗嘛。

看來蟲對我來說並不算是生物呢，呵呵呵喔呵。

明明沒什麼好笑的事還笑，那就是那個人自己有問題。所以我有問題。

「嗯，真的。」

將手從臉上移開，以手指撫摸一下眼皮，然後再次邁開步伐。

抵達的公園，不過是放置了遊戲器材的空地，因為裡頭一個小孩子也沒有。這個城鎮的空蕩似乎並沒有因為佔領了夜晚而滿足。還是說因為是夏天，所以大家都溯著河川前往海邊了呢？

老朽的板凳上貼著一張感覺已經貼了十四、五年的「油漆未乾」標示，我在上頭坐下。

臀部感到溫熱，我開始擔心是不是快逐漸被烤熟了。

「進行推理的時候果然還是要在公園的長凳上才有感覺啊。」嗯嗯——我一個人點著頭，擺出叼著菸斗的模樣。

不過，這樣的常識是打哪裡來的，我自己也搞不清楚。畢竟以一名生在現代的貴族來說，哪可能毫無怨言地坐在這種似乎連菸草都會自動點燃的遊樂場裡，讓大腦進行勞動呢？太失策了。都已經這把年紀，是不是也差不多該具備好好考慮後果之後再行動的意識比較好呢？

「……嗯？」

似乎有人在外頭繞著公園跑步，那個身影獨自進行著只會被人認為是遭到澳洲的氣候虐待之愚行，我的眼睛不自覺地追了過去。要中止行動也得耗費相當的勞力，大腦因為嫌麻煩，便沒有對這無意義的行動產生疑問。

那人經過公園入口的瞬間，眼睛和我對上了。雖然我是這麼覺得，不過因為距離太遠，我的眼睛只將其認知為一個黏土人偶。分不清是男女老幼，彷彿脫乾水分的腐爛屍體般，肌肉緊緊地貼在身上。沒有眼鏡看出去的景像，讓我覺得就像活在地獄裡呢。

不過也有一種可能性是，其實是我的眼球以那種狀態死去了。

意外的夢梗、白日夢。雖然若加把勁應該能看清楚，但外頭的高溫讓我打消念頭。

黏土愈來愈靠近，小跑步，那速度將我預估的十秒拉近成三秒，跑到我面前之後以棒球少年的風格打了招呼。「啊——妳好。」聽到這聲音，我終於確認了對方的身分。

「哎呀，今天第二次見面的金子同學。」

一臉平淡的臉上，浮著「我剛才就注意到妳了」的表情。

本以為他稀薄的影子會遭到陽光吞噬，沒什麼登場舞台的機會，沒想到和他遇上的機率還挺高的，我和他之間是否牽著看不見的詛咒呢？不過我也沒聽過有什麼看得見的詛咒就是了。騙你的。因為只要是人，都在眼前見證著名為「死」的詛咒而活。

「你這位考生在做什麼呢？」

「呃，啊啊，是想轉換一下心情所以出來跑幾圈啦。」

滿頭大汗，但還是將爽朗度硬保留下個位數的金子同學式微笑。要是在這時遞給他一條運動毛巾，青春指數應該會狂飆而上，但是很可惜地，這種事情並非我所望。

「天氣熱的時候出來跑一跑會很舒暢。在許多方面都是。」
「哦，原來你是體育系屬性啊？」若是如此，那就是第一次的遭遇呢。
目前為止遇過的只有繭居系、昆蟲系，還有暴力系。
朝金子同學的腳邊和手中一瞥。唔嗯。四周也看了一下。唔嗯唔嗯。
「不在呢。」
「咦？啊——妳是說次郎啊？」
「不是啦。」牠對我來說就像地底世界(Pellucidar)喔。不過不是那種意思的。
「牠躲進我家涼爽的房間偷懶去了啦，那傢伙是條懶蟲。」
「我不就說了，我不是在說牠。」這個城鎮裡，無視於對話內容；淨說些接不上話題的話的人還真多啊。
不過若要在金子同學和次郎之間挑一個，我會選小狗吧。
「天野，妳在這裡做什麼？」
「日光浴啊。因為心中有不少事擔憂，想說曬曬太陽會不會讓它蒸發掉。」
還有，當初選擇天野這個假名，現在有點後悔了。因為這樣聽起來簡直就讓我和『那個』變成了恩愛夫妻嘛。我才不想在這種年紀就當寡婦啦！全部都是騙你的。
「啊——是這樣啊……那個，我可以坐妳旁邊嗎？」

「請。」

金子同學加入長凳一族，幾滴汗水配合他坐下的動作落在地面。

「妳不在乎會曬黑嗎？啊，因為妳皮膚很白，所以我才好奇妳在不在意。」

如此指責我的那個人，膚色是比不上正牌棒球隊員的淺黑。

「嗯，我不在乎，反正我也很久沒曬太陽了。」

因為我的目標是變成109辣妹。騙你的。這一招會不會老梗了些？

不過，很久很久以前我在外面生活的時候，附近的大姊姊們還挺流行的。

「這樣啊。」他回答的時候偷偷瞥了我一眼，但眼睛一和我對上就立即轉開。

他不會是在害羞或對我有意思吧。應該。我可沒有那麼自戀。

會對我一見鍾情的，應該是好奇心極度旺盛的人吧。例如用筷子吃優格的人。

慎重地尋找切入角度，金子同學進行著對主題的砍伐。

「今天早上……啊——那個人……」他的頭上下起伏，然後低下頭。汗水又滴了下來。

「久屋太太。」乘著那股汗水的波浪，我划出救助之船，在乾涸之前駛達了對岸。

「對，就是她……妳，和她在聊些什麼啊？」

「哎呀，你很在意嗎？」回了個蠢問題。不在意的話就不會問了啊。

「這個嘛……」「『這個嘛』是什麼意思呢？你認識那位太太嗎？」

逆算向量，繼續以疑問回答疑問。這可是說謊的基本喔。首先就把這招不把事實掛在嘴邊的秘密主義學起來吧。不過這不推薦給對己身的健全感到自負的人就是了。

金子同學看出我想問什麼而露出苦笑說：「妳是反過來希望我說些關於他們的事吧？」

「哎呀，金子同學真聰明，看來往後的人生也不會浪費掉呢。」

「由我來說的話，會變成對朋友的感想就是了。」

「是嗎？即使如此也請務必說給我聽，這是為了達成圓滿的鄰里交際。」騙你的啦。

「天野，妳現在住的那一戶，不久前是我朋友他們家住的地方。」

「朋友。你擁有很美好的東西呢。」嗯，真的。

「耶？啊——謝謝誇獎。我和那傢伙是同社團的朋友，該怎麼說呢……啊——就是那傢伙殺了人，記得是殺了兩個人吧？好像也殺了不少動物，不過那部分我就不知道是怎麼回事了。」

後半已經變成自言自語還歪起頭來，我也和他同步歪起眉毛。不過辦不到就是了。

「那是個叫枇杷島的女生，雖然很久以前就認識……不過她完全不和那棟公寓的孩子玩在一起，也從不和他們打交道。比他們大一歲或許也是原因之一吧，不過好像是因為覺得那四個人很噁心，所以和他們保持距離。」

「哦，噁心啊。」的確是。而且還很危險。

以玩遊戲的感覺去殺人，這種傢伙或許還有得救；但是把殺人這件事當成遊戲的傢伙，其價值觀雖不是最差勁，但也相去不遠了。

「枇杷島的比喻是，就像被切成四塊的蜈蚣分不出身體接合的順序，全攪和在一起。」

「哦——」匡噹——！衝擊引起一陣大腦被換新的錯覺。

我已經有多少年沒有對人的表現感到咋舌了呢？我突然間說不出話來。

不是四隻蜈蚣；而是一隻蜈蚣被分成四塊，這樣的表現手法實在太棒了。

……唔，不過，這樣好像也有點怪。有點違和感。算了，現在姑且先保留。

「附近的主婦也在八卦說他們家族間的感情好過頭，讓人不舒服。」他這麼補充。不過比起這個，我更想沉浸在那表現的餘韻裡，所以止住呼吸，克制不讓自己亢奮的意識跑到外頭。

真想和那位枇杷島來一次肆無忌憚的對話啊。不過好像已經來不及了。

「總之，說了那麼多，就是要告訴妳或許該對那些人保持一點戒心比較好。啊——像那樣子聊天會被以為感情很好，也是因為這四周沒什麼人會這麼做吧。」

「你的忠告我確實收到了。對了，你是怎麼和那個枇杷島變熟的呢？」

「啊——小學的時候那傢伙是玩壘球；而我是踢足球，因為場地都是在河岸橋邊的空地，大致上就是一起去那邊再一起回來……這種程度的朋友。」

「你喜歡她嗎？」偶爾也想試著扯一下戀愛話題。因為大家都愛看這種的嘛。

「不，這……沒有啦，只是淡淡地想把她放在那種，像是有點特別的位置看待而已吧。」

「特別？」然後他的語調變得匆促：

「只是有點希望她對我的意識要是能比其他男生高出半個頭左右就好了。就是希望她能意識到這身高的差異代表什麼啦。大概是這樣。」

語尾的著地點飄移不定，像是在看遠方的人跳盂蘭盆舞，從好的方面來說，應該是包含了喜劇成分的唬弄。

這個城鎮裡，不擅長說謊的人還真多呢。當然，我也是其中之一，我還不是很熟練啊。

「我家之前養的太郎好像就是被枇杷島給殺了，害我弟看了以後遭受了精神創傷。說起來，她到底是為什麼要殺了太郎啊？」

「哎呀呀，請節哀。」我家養的貴弘是自殺的喔，很像人類吧？

「天野也碰過這種事嗎？啊，因為總覺得妳好像全身都藏著隱情似的。」

「不，並沒有。我擁有的只是等級還不到能冠上創傷之名的過去而已。真要說創傷的話大概就是……嗯，就是我的妹妹是一頭豬吧。」

「……啊——雖然有點難開口，這是指長相上嗎？」

「不不不，是更單純的方面。以我的妹妹的身分活了十幾年的人，對養育她長大的母親來說事實上只有等同於豬圈裡豬隻的價值……也就是說她只是能被替換的，被消費的那一方。而雖然這些到目前為止都還僅只是比喻，結論上則是真的加以食用了……聽說帶著點異臭呢。」

即使如此也沒有對每天的菜色加以抱怨，津津有味地吃下肚，茜真是個堅強的孩子呢。都以肉眼直接見識過「妹妹被烹煮後的肉塊」了，還是不會對肉類產生排斥反應。或許是因為缺少感情，所以才會把她養成這麼鈍感吧。

而且以寒舍的經濟狀況來說，肉類出現在餐桌上的機會也不多就是了。

「……喔。」他露出痙攣的笑容。

「剛才說的都只是打比方，你覺得不舒服的話就快把它忘了吧。」

「啊——我會這麼做的……那個，妳捲在手上的是護身符嗎？怎麼好像有兩個？」

「這個嗎？是別人送我的啦，只是不知道為什麼兩個都寫著『安產祈願』就是了。對了，金子同學，我有事想拜託你。你國中的教科書如果還留著的話，明天早上可以送我嗎？」

因為現在開始讓我家那個學齡兒童念書，應該還來得及吧。我就不行了，一想到要現在開始從小學二年級的功課學起，我的自尊心就逼我放棄了教育。

「可以啊。啊，不如我現在去拿好了？」

「早上散步的時候再給我就好了。」拜託你仔細聽別人說什麼好嗎？

「啊——」金子同學眨了眨眼，又開始低喃他的招牌口頭禪。

「呃，那我明天早上會帶次郎出來散步。」

「哦，原來你的教科書是小狗啊？看來人生的導師並沒有眷顧於我呢。」

雙肘支在膝上，咒罵了幾句。然後在七秒之後反省這三流的行為。

然後，雖然很想把時間快轉到明天早上，不過這種事是辦不到的。

若是要精選出場面轉換的重要部分，今晚也絕對能入圍呢。嗯嗯。

怠惰的飼育委員麻由子一天只對自己飼育的生物餵食一次，我得跟上她才行。這讓我興起了同樣身為飼育輪值人員的競爭意識。騙你的。以我的場合來說，我飼養的生物根本連飯都沒得吃呢。不過那是什麼我就不說了，喔呵呵。

麻由子還是畫蛇添足地左搖右晃前進。若在平日的白天出門買東西，應該會招來「去給我找葬儀社來！」這種雄壯威武的台詞吧。不過她現在看來身體似乎還很完整，沒有缺手缺腳呢。她今天穿的不是原本屬於我的那件浴衣，而是睡衣，頭髮也是一副剛睡醒起來的樣子。看她頭髮翹起來的模樣，大概是有妖怪向這個城鎮襲來了吧（**註：出自《鬼太郎》的主角，頭髮感應到妖怪就會像天線豎起來**）。不過，我們那棟公寓感覺也是若搞錯一步就會有幽靈出現就是了。

藉由夜晚的衣裳隱藏彼此的身形，進入遠離人煙的鄉下道路。雖然並沒有對這樣的過程簡直就像我們的人生這件事產生共鳴，不過光是沒被人注意到就已經謝天謝地了。這個綁架和監禁行為要是被公諸於世，那可是大大不妙。我因此無謂地燃起了使命感。

一邊擔憂著忍者在這個城鎮的夜晚可能會失業，我抵達了廢棄倉庫在外圍待命，為了進行女傭修行而勤勉於擔任一名偷窺狂。我遠遠地盯著，小心翼翼地不和久屋小弟對上視線。

麻由子還是一樣東張西望地在周圍進行像是在找東西的動作。看起來似乎是沒找到自己想找的東西，臉又朝正面固定了下來。久屋小弟應該是已經很熟悉之後會發生什麼，微妙地緊張了起來。他的眉毛上揚，感覺整張臉都像被往上拉了似的。

然後今天的快樂時光又開始了。右手麵包；左手頭髮。「唔喔喔喔喔喔！」他的聲音光是在夜晚中迴盪還不夠，甚至連我的鼓膜都被那醜陋的悲鳴給搖動著。毫不考慮窒息的可能性，麵包被塞進他的喉嚨深處，他的眼眶溢出了淚水。

因為我只是一名觀眾，所以在見識到這麼精彩的男女搭檔表演時，只能報以感動的淚水。開玩笑的。其實我很想飛奔過去加入，腳趾頭都蠢蠢欲動了。如果是我，不會拉住頭髮讓他抬頭，而是會直接塞進他的鼻子。因為這個方法比較容易讓眼球看見地獄嘛。我啊，可能是因為看著大人的背影成長，所以個性似乎有點扭曲了呢。

小孩子的成長期是教育的最好時機，這或許是真理呢。嗯，真的。

喔唷，一不小心將視線離開了久屋小弟，太失策了。他的一舉手一投足——雖然辦不到。但是即使如此也不能錯過他的顏面表演……哎呀呀，第一部好像已經結束了。

被逼到將近絕食，呈現癆病鬼風的久屋小弟以誇張的模樣吞下麵包。他的頭一下子上仰；一下子又低垂；不時還會噎到，感覺就像整個身體的活力都集中到頭部了呢。

但是還沒完。夜晚還沒結束。接下來是第二部，水攻篇。麻由子準備了裝在寶特瓶裡放置在夏天的倉庫裡一整天，度過高聳險峻的溫熱之牆的水。哎呀，這麼說起來，就算陽光沒有直射進來，在這種炎熱的天氣下，放在這裡的麵包有沒有壞掉啊？如果現在是梅雨季，久屋小弟肯定會變得更像癆病鬼吧？

轉下寶特瓶的瓶蓋，咕嘟咕嘟地對久屋小弟進行水攻。將瓶口硬塞在他嘴裡，將他的下巴一把壓住使寶特瓶傾斜。「咕嘟咕噗！」啊啊，今晚的旋律也很美妙。雖然有點悲哀的是，指揮者似乎對這音樂興趣缺缺，不過因為聽眾相當滿足所以就原諒她吧。前提是如果我有這個資格。

水流枯竭。今晚份的寶特瓶已經見底，麻由子將空瓶丟在倉庫一隅，塞回口塞，在最後又進行了一次搖頭運動作結，然後就因為今天的輪值結束而打道回府。

雖然沒有鑰匙可以上鎖，不過那道被半吊子地拉下的鐵捲門應該能發揮代替效果。我在陰暗處目送彷彿只是去便利商店購物；面無表情的麻由子離去。

……不過，唔——我歪起腦袋思考。

以她鋸子般的神經，對綁架對象雖不體貼，卻有意識地不對其加害呢。綁架的過程除外。

飼養人類雖然是有錢人的興趣，但看起來似乎也不是那麼有趣。

不過，揭開這行為是種遊戲的事實沒關係嗎？算了，這或許也是我身為女主角的任務吧。

畢竟我也在這個舞台上，不能老是以旁觀者的角度在一旁看戲。

接下來，做為一日之始的招呼果然還是該有活力一點。這可是清清白白；堂堂正正，開朗的與人來往的基本原則喔。

這是我的父母教我的。

「嗨～晚安——我是會以疑問句回覆命令句的社會的渣滓唷。唷唷。」

我以不會扭到腳踝的程度，搖擺作態地緩緩走近。還在承受水災之苦的久屋小弟抬起頭，對已經十分熟悉的來訪者投以惡狠狠的眼神。以身為一名人類來說，他被調教地真不錯呢，敵意到現在都還沒有衰退。要是變得溫順，那可就不有趣了。

連在室內都要打傘，逐步進逼的怪人；與一整天都被綁在柱子上生活的奇人第三度交會。

經過一天，久屋小弟周圍的惡臭更是張牙舞爪。感覺光是吸到一口氣就會陷入嚴重的狀態異常呢。然而即使學會這一招，我也不會想使用呢。

麻由子的鼻子是裝飾用的嗎？不過說起來，外表本身就是類似裝飾品一類的東西嘛。

「在這裡借住雖然不必付房租，不過看來居住的舒適度保證是最差的呢。」

我蹲下身迎上他的視線。真不想碰他啊——雖這麼想，但還是將他的口塞拿掉。

「呼哈……妳這傢伙到底是誰？和那個女的又是什麼關係啊？快點救我出去啦！」

才剛解放他說話的能力，質問與命令的聯合部隊便伴隨著唾液與水的渣滓，像是要蓋滿我全身一般突襲而來。猶豫著要不要用傘擋住，但最後還是以蹲著的姿態向後退了一步。因為我的下盤很沒力，這樣蹲著移動還挺辛苦的。嗯，偶爾還是用站的好了。

「喂！快一點啦！回答我啊還不快救我！幹嘛啊妳這傢伙發什麼呆啊！喂！」

和單相思的異性約會，正在快樂地用餐時有一滴醬油落在衣服醒目的位置上，大約就是這種等級的令人難過的臉孔，今天也囉嗦地吠叫著。我明明在兩天前就拒絕過他了。硬是拉扯當不成頸環而變成手環的麻繩，身體不停做著對自我的主張，這只是徒然讓手腕受傷罷了。還是說這是為了讓今晚有一夜好眠的小小運動呢？

這麼說起來，次郎好像不太吠叫呢。不自覺地便從他的控訴聯結到對別的事情的感想了。

「別這樣別這樣，冷靜點，因為我一點也沒有那個意思要救現在的你。不管你怎麼掙扎都只有絕望喔，今晚也是。請你別對我有過多期待。」

我拒絕了晚輩夾雜憤怒的命令。說起來，向身分背景不明的人說「請救我」，然後對方會回覆「我救你」，會相信有那種事的人毫無疑問地絕對是傻子。不過因為太感同身受，所以這件事就說到這裡為止。因為，現在回頭反省年幼時的自己有多愚蠢，也無濟於事了嘛。

「這算什麼啊！真是、可惡、搞啥啊……莫名其妙！氣死我了，而且肚子又不舒服……」

哎呀呀，低頭哭起來了。看來他是被寵大的吧，Ｇｕｔｓ有點不足呢，這樣子能施展出什麼必殺技呢？不過，要是改名為「敵人的2號」也沒關係的話，你就保持這樣也行啦。

「唔，這個畫面看起來，反倒變成像是我在欺負他了。」

這不就會招來那種，明明是在安慰在走廊低頭哭泣的學生，卻被剛好經過的老師怒斥「是妳欺負他嗎！」的誤解嗎？那樣子會令人很生氣呢。哭的那個人明明只要解釋一下就沒事了，關鍵時刻卻只會流著淚，表現出一副被欺負了的模樣給老師看。

……呼，剛剛好像被什麼東西附身了。另外，若說我在欺負久屋小弟，其實好像也對。為了在這裡挽回名譽——老大，現在該怎麼辦？就施捨給他吧。收到！

「雖然不能直接幫你，不過至少就幫你消除一點壓力吧。你想問什麼我都回答喔。」

被不講理的行為傷透了心而啜泣的少年，此刻仰頭打量起我這個人類。我也觀察回去——眼球充滿困惑；表皮則像是柑橘。肌膚因水分不足而乾燥。

「妳究竟是什麼人啊？」心情平復下來以後，「妳這傢伙」晉升為「妳」。

「我是愉快犯啊。雖然可能有誤用的嫌疑，不過這應該是最符合我現在的立場的詞彙。」

不過，我已經做好要是踏錯一步就會變成右邊是被害者；左邊是加害者的立場的準備了。

雖然久屋小弟看來還是不能接受這個說法，不過我要說些什麼才能讓他更信任我呢？要騙人就得讓對方先相信自己，就是這一點最麻煩。

「沒有其他問題的話，我就要走囉。然後我明天也還會再來嘲笑你。」

啊啊，剛才忘了說，我現在正笑著喔。大概是拿剪刀把蒟蒻切開，薄薄地伸展開那種微笑，不知道這有沒有將我的愉悅成功傳達給周圍？

久屋小弟不知道是終於想通了，還是因為想抓住救命的稻草，以低調的聲音放慢速度，丟出成堆質問。

「他們已經開始進行那個遊戲了嗎？還是說他們在等我？」

「呵呵呵，他們還在等你喔。討厭～我得快點放你去找他們才行呢。」

因為看他表情一瞬間綻放開來，於是做再調整。你只有生氣的表情才有看頭呢。

……啊啊，應該加上這一句才對呢。騙你的。

「那就快解開繩子啊！妳到底想幹嘛啊！」再度點火。看來憤怒是這孩子的原動力呢。

「我不是說了嗎，什麼也不想做啊。不過也還沒到變成植物那種等級就是了。沒錯。」「妳有完沒完啊！我殺了妳喔！」「哎呀呀，真是個無法達成的殺人預告。想殺的話就殺殺看吧，不過我覺得在那之前你該先知道一件事。」

倏地，我將手伸向他因為總是低著頭而和太陽沒什麼交情的脖子。

撥玩著他浮凸的頸動脈，身體傳來一陣顫抖。喔呵呵，真想把它切斷。

「對我來說，要殺了現在的你可是很簡單喔。」

保持適度的恐懼感，是持久的訣竅。人生如此；拷問亦然。

然而在這之後的瞬間，我期待的要素並沒能染到他的身上。

他以天真無邪的、去除了苦痛的少年的表情，輕輕地撣掉了這個威脅。

「那當然啊，這還用說嗎？」

「咦？耶？可是，你的意思是你會死也是理所當然的囉？」

我朝他送出的釘子，咕嘟咕嘟地沉了下去。

「嗄——？唔，是會死啦，不過，也就是那樣而已吧？人死了以後就一了百了了吧。」

這傢伙在說什麼啊——他露骨地擺出這種表情。我被當作怪人看待了呢。

……唔嗯。威脅落空，有點小難堪。我有點喪氣地收回自己的手，開始進行腦內會議。

這個蜈蚣的尾巴擁有獨特的價值觀呢。老大，現在該怎麼辦？驅除他吧。現在還太早。那不然就轉換場所吧？好主意，老大。

連忙起身決定離開。察覺我的意圖，久屋小弟又吠叫了起來。無力的看門狗實在麻煩呢。

「喂！我的問題還沒問……不對！快救我啦！為什麼不救我啊！告訴我啊！」

「服務時間已經結束了喔。」

話說完，該將口塞塞回他嘴裡了。老實說，因為上面沾滿了口水，我實在不太想碰它。

「喂！最…最後一個！我要發問！」感覺像機智問答的時間到底前的垂死掙扎呢。

「好好好，你想問什～麼？」回覆的同時，手也沒停下動作。

「右手……右手還好唔嗚嗚嗚！」作業在發問途中完成。

「放心，我妥善地幫你保管著，你要是能快點來領取就好了。」

我也變得相當熟悉封口作業了呢。練習一下說謊吧——不知道以後能不能靠這個吃飯？

然後起身，將構圖改變為俯視之後，繼續說道：

「對我來說，追蹤剛才那個女孩才是主要目的，陪你打發時間只是附贈的。要是附錄比本篇還精采，那不就重蹈附卡片的點心的覆轍了嗎？」

沒有什麼事會比察覺自己的本末倒置，更令人對自己的缺乏計畫性感到絕望了。

這是老生常談就是了。話說回來，『那個』是不是也在宅第裡說過一樣的話啊？

走到倉庫外頭，確認鐵捲門的位置已經拉到沒辦法比我的脖子更低，然後呢喃：

「我這是在做什麼啊？」

對我自己這老愛裝好人的性格，有時還真感到厭煩。

想踢飛腳下的石頭，結果卻華麗地一腳踢空。「喔、唷、唷！」玩著跳房子遊戲然後模仿傘妖怪（註：日本傳統妖怪，身體是傘，只有一隻腳，所以是跳著移動）的動作以免失去平衡，接著若無其事地踏上歸途。

我從一開始就想好解決辦法了喔，問題只在要由誰執行而已。

而因為找不到適合人選，所以只好繞一大圈想別的方法。

嗯，真的嗎？我不由得懷疑起自己。

騙．你．的．啦——

然後這次是隔天早上了。

「來，這是全部的教科書，我用過的參考書也給妳。有點重喔。」

「謝謝你的關心。嗯——挺輕的啊？」

「不不不，請不要把我家的狗扛回去。」

「哎呀，男生被公主抱很難看吧？」

「呃，我不是指這個……這樣的對答，根本就和那傢伙同一個模子打出來的嘛。你們真的沒有親戚關係嗎……啊，不，如果是的話，應該也會知道那個……啊——重點是，禁止綁架！」

「完全正確。你說得太有道理了。」真想拜託你，務必好好指導鞭策一下麻由子呢。

把布雷克法斯特普雷。欽葛貝利伊特。迪麗雪斯帕拉代斯。歐～麥～匹克卻～麥逼優得佛？依特～諾特～朱因克艾斯瓦特。咕嘟咕嘟。路克貼雷逼俊～咳咳畢～逼、逼俊～嗨括了踢。普羅猿丸夫高爾（註：出自藤子不二雄的《プロゴルファー猿》，中譯《高爾夫頑童猿丸》）……「這樣不行呢。」對放在桌上的英語課本用大外割。令人舒暢的效果音在天花板迴盪。

「湯女哥哥滾到地板上了。」

「……謝謝。因為把左腦和右腦分開來想事情，害我理性的部分似乎有點鬆懈了。」

因為缺乏判斷力，所以將全權委託給了大腦中線的第三者，結果現在甚至不由自主地看見地板上鋪滿了一捆捆鈔票的幻覺。騙你的。頂多是努力鑑賞電視的幻影而已。

不過，外來語真是難到讓我都沒了舌頭（從沒了用處衍生而來）啊。

「在這間宅第裡隨自己高興過活就好」——遵從父母這種教育方針的結果，就是我變成了一個鎖國少女。這麼一來，實在是沒辦法勝任妹妹大江茜的家庭教師呢。

算了，就算是除了我以外的頭腦健全的人，對此應該也是頭痛藥離不了手吧。

真不知道媽媽和菜種是怎麼面帶笑容，把她教成一個一減二等於三的孩子？

之前曾經嘗試讓這孩子在超市結帳，結果收銀台的氛圍變成交頭接耳；議論紛紛。差一點就要被帶去地下設施（裡頭的辦公室）了呢。

「嗚哇——灰塵要掉到飯裡了——」茜的雙手在餐桌上方啪噠啪噠地揮舞，反而更讓灰塵飛舞而起，再這樣下去灰塵搞不好會直飛上有頂天（註：佛學裡的天名，因為在有形世界的最頂，所以稱有頂）。直接讓餐具避難不是比較快嗎？

從金子同學那裡接收過來的國中教科書，雖然沒必要去確認這對茜大小姐的情操教育是否適用，不過在試讀一下之後就變成眼前這副德行了。敗得徹底。

「人類的性能，比我想像的還要來得高很多啊。」

一句話道盡我的感嘆。因為我的地球已經達成了語言統一，所以寫在這本書上的拼音就等於是宇宙語。而大半的國中生竟然都能加以解讀，這真是這個城市不能公開的恐怖之處啊。

而所謂主觀這種東西，好用的程度和方便性都讓我讚嘆不已。以我的角度來看，茜就會是個稍微有點笨的孩子，但是實際上若說到學習能力，她卻是遠勝於我。

也就是說，若由世間的角度來看，會壓倒性地認為我才是笨蛋。我也察覺了現在不是該打著陽傘擺架子的場合。應該說，我反而才是那個該去念書的人。

我該屈服嗎？還是該重新背起書包？唔——後者……有苦澀的回憶。因為，背著那個去學校的第一天，都會被當成轉學生看待。不過這也很正常啦，在那種不頭不尾的時間和學年，突然有陌生人進入自己的班級，要是這樣還被大家接納當成朋友，我應該會大喊「我才不會上當呢！都市是很可怕的！」然後抱緊自己的錢包吧。以上是由騙你的占四成，過去占六成的回憶錄。

好啦，繼續把現實當作玩具，進行對眼部的保養吧。

外頭，天氣預報說今天是陰時陣雨。看來會變得很悶熱啊，心情也變差了。即使沒有陽光也要製造出熱度就是夏天的志氣。我行我素地釋放出完全不迎合世間所有生物的溫度，這一點真是太美好了，真是有夠大方。這正是浴衣的季節。

不過要是冬天也穿浴衣，就得把辣椒不是加在料理裡，而是塗抹在身上了。

「哥哥、哥哥——」

「嗯——？」

得到期盼已久的妹妹角色了！不過我並沒有這麼祈求就是了。

我既不是大人也不是小孩而是姊姊喔。

「那個啊，我想出去玩——」

她傳達完自己的願望後便不停偷瞄我的左眼。不知道為什麼，茜今天把椅子搬到我旁邊大口地吃著飯。她的叛逆期這麼早就結束了嗎？

「出去玩……哦，去哪裡？」

「嗯——哪裡都好啦，我最近超忙的。」

意思就是，我很無聊所以帶我去哪裡玩吧！不過，我又不是妳媽。如果大人和小孩之間的差別在於知性和知識，那麼我是茜的監護人的這個圖表，就像紙糊的一般脆弱呢。只要從側面看過去就會察覺裡頭空空如也而遭人鄙視吧。

再說，我現在也沒那個餘力創造出娛樂。以現在的生活來說也辦不到。

什麼也不做就能活下去，這個願望本身就有問題。嗯，你說這根本就是廢話？哎呀哈哈……呼。現在再說這個也沒意義就是了。

幾天前竄過的靜電，現在又咻地痛了起來。看來，也差不多該把它解除了。

哎呀，這是個就像搞錯季節的旋風般，突然捲起的疑問。

為什麼，我會和茜生活在一起呢？把她交給媽媽的娘家那邊不是最妥當嗎？雖然沒有直接見過那裡的外婆（她只要來宅第拜訪，媽媽就會把我藏起來），但我也隱約理解，對方應該是個會疼愛孫女的人。

順帶一提，外公已經痴呆了。甚至大力提倡「雞是蝦子」，完全是末期症狀了。

「姆姆姆——」「咩咩咩——」用手指戳著茜的額頭轉轉轉，思考該怎麼安置她。

我自己之後該怎麼生活下去……這就暫且先擱置一旁。有需要先徵詢茜的意願看看嗎？這孩子的個性不怕生，應該很快就能適應新環境才是。

「茜——」「什麼——？」聲音明顯地帶著興奮。啊啊，這麼說起來，我沒有先丟出改變話題的前奏，所以她以為我要提議去哪裡玩吧。不過全部駁回。

「妳，要不要去和外婆住？」

「…………………………」笑容停止中。看來，放著不管也不會重新啟動呢。

「妳應該見過妳的外公、外婆吧？」得把提問切開進行才行。太長的疑問句，只要有一個地方讓她卡住，就會對全體都失去反應。這孩子，連國語都是紅字。

「嗯。我討厭那些人。」

「很好。那麼，妳要不要去和他們一起住？我建議妳這麼做喔。」

「…………………………」

「為什麼又當機了？」

「因為，我家不就是這裡嗎？湯女哥哥又不在。」

「……唔——」感覺對話似乎沒有成立。我用手指押著太陽穴，保持平靜。

茜的認知能力並沒有得到微調。就像用黑白電視機做色盲檢查那樣不協調。她的連接端子因為積滿了太多塵埃，所以很難找出來啊。

「如果是在大江家，只要想吃，早上很簡單地就能有熱騰騰的燉菜擺在餐桌上唷。」

用食物釣她看看。這就是茜的小學生指數居高不下的原因。而且是古早的。

「我只想吃湯女哥哥做的菜啊。」

「嗚。」這孩子的指數相當高呢。不過是指哪個方面我就不明說了。

「不過啊——」「哥哥——」「嗯？」

因為彼此都是不需要空氣（註：日文中空氣指氛圍，因此不需要空氣意指不察言觀色）的宇宙生物，所以打斷對方的話根本是家常便飯。

「俺，自從和湯女哥哥到這裡以來，就一直沒再想起桃花的事。」

淡淡地，表情也沒有變化，沒能在她的心中釣起什麼漁獲。

「……這樣啊。」

不追問她的話是什麼意思，只單純地給予肯定。我有自覺這便是我被賦予的職責。

「啊～嗚～！」又暴走了。茜把剩下的飯和煎蛋全扒進嘴裡，再喝一大口水把食物吞下，然後用力往嘴巴一擦：

「因為很莫名其妙所以我要出去玩了！」

「喂，等一下……」

「我吃飽了！咻──！」

以聲音將大氣撕裂之後，茜就一溜煙地跑走了。「……真是個讓人傷腦筋的孩子啊。」

明明給過她忠告，要她刷過牙再出去的。騙你的。

這算是被跑掉了嗎？

「而且竟然連玄關的門也沒關。」

意思是要我追上去嗎？我想，結果應該只有陌生的蚊子會登門拜訪吧。

為了讓自己湧起去把門關好的氣概而打算進食，但是餐桌上已經只剩下白米，因此蓄積不起來。煎蛋可是兩人共用的，不過看在她還在發育期，我是不是該睜一隻眼閉一隻眼呢？

「可是啊，茜……」

已經確定會崩壞的生活，怎麼可能什麼行動也不採取，就讓它這樣繼續下去？

我的世界也即將衰老。要舉例的話，比方離世界末日還剩最後一個月，但我們卻仍然得為了生活下去，在小小的城鎮裡爭奪許多東西──世界末日群像劇小說，銳意執筆中……不過方向性相當受到謎的電波影響而扭曲。我的大腦有一種像是長出了一堆突起物似的，超討厭的感覺……

這個也流行過呢，記得是。回憶總是長存於夢中啊。

關於如何安置茜，真希望能有不只是退路；而且是離懸崖邊遠遠的那種餘裕啊。而我的逃亡路線是……老家。喝！笨蛋的剎車好像沒發揮什麼作用耶，佐內利香？

「……呼、嗯？」

將嘆息在中途吞下。噠噠噠噠！茜跑回了玄關。看來這孩子是赤腳跑出去的啊。這種把地球當成自家庭院的行為真是豪氣呢。騙你的。

「喂～哥哥——」明明都已經四目交接了，茜還是發動了大聲呼喊及雙手揮舞。

「為了避免鄰居誤會我的性別，請以超音波呼叫我。」或是把門給我關上，快一點。

「外面掉了東西～」

「這種事常有的吧，像是掉了小狗還是帳單還是人一類的。」

「我可以撿回來嗎～？」

「要看那是什麼東西而定啊，如果是生物，對牠喊聲『要堅強地活下去』以後就別管了。」

「嗯，不是活的耶，是右手～」

「……哪一種生物的？」

雖然姑且還是問了一下，不過擁有手臂的生物種類相當稀少，大概也就是類人猿左右吧？其他的都是腳嘛。所以，茜丟回來的回答也和我料想中的一樣，是一記軟式棒球的傳接球；而不是橡膠球的強力反彈。

「人類的～」

「我想也是。別管那個東西。」

將視線回到報紙，把她的發言打入冷宮……想了一下，茜是左右顛倒，所以其實是左手？

「記得我的是右手吧？」朝破銅爛鐵堆瞥了一眼。「誰的～？」茜還沒找到事情的突破點就以全身突擊而來。因為是赤腳，要進來也等把腳擦乾淨了再說。「嗚啊～」我強捏住茜下顎的肌肉加以拉扯並質問她：「掉在什麼地方？」「房門前面～噢唷～」啪！我將肌肉橡皮筋彈了回去，「啊嗚啊嗚～」茜以雙手摀著下顎。疼痛感消失以後她便開始在房裡晃來晃去，總覺得那和麻由子畫出的軌跡還真像呢。

所以，是左手。沒有黃金一類的修飾物，純正的左手。

要說在這棟公寓裡有誰的四肢發表了獨立宣言，想得到的也只有一個。

管理鶴里先生手部零件的，是吹上有香和大江湯女。不過，大江湯女因為得到關愛的眼神而從候選人名單中除名，所以就只剩下吹上有香了。

不過，撒手不管的這種狀況……呵呵，撒手——忍住不這樣暗中竊笑後加以判斷，若非陷入不由自主的狀況，她們應該不至於把參加資格公然丟在外頭。

如果他們還想把遊戲繼續玩下去的話，自然是如此。但是這種時候才更要反向思考——如果想讓這遊戲結束的話。

「…………………………」

就算在這個階段思考錯誤（字不知道有沒有選對？）（註：日文中，思考錯誤和嘗試錯誤同音）也沒有意義。

或許也只是那隻和鶴里先生無緣的左手，在被現代的武士試刀砍下來以後，「因為這不是菸屁股所以丟在路上也ＯＫ是也」，然後就丟在那裡了。

總之首先就以自己的肉眼去確認一下遺失物吧。

沒什麼啦～只不過像是要照顧的迷路小孩多了一人那樣，手又多了一隻而已啦。騙你的，才怪，所以真是麻煩啊。

第三屆鶴里會議，在以緊急為名的特別召集下展開了。

其實若選擇風雲突變、電光石火、十萬火急，或是跳樓大拍賣一類的詞彙來修飾，好像也不錯呢。雖然都是表示迅速的字眼，不過似乎都有點過了頭而變得會讓人反應不過來。

「不過……這究竟是怎麼回事呀？」

像是在夏季放置了三天的炒麵，給人這種印象的小今小弟抱怨著，揚起下顎指向那個對象。

我也順從地將視線轉過去；艾莉娜小妹妹則是從一開始就持續觀察中。

吹上有香的屍體被破壞了。不過身體大致上看來還算完整。

她的身體像素描人偶般被玩弄，關節遭到破壞，飄著一股即將加入美術準備室裡肥料行列的氛圍。手肘、手腕、脖子、腰、指尖、膝蓋、腳踝，全都變得和正常的方向相反，進入了鏡子反射的入門世界。

死因是……哪一個呢？我是檢視屍體的外行人，加上不能使用科學調查作為輔助，實在沒辦法掌握哪個部分的危害比較大……大熱門應該是脖子吧？黑馬則是大腳趾。

成為屍體的有香小妹妹今天似乎也是第一個到達這房間——第二個抵達的小今小弟是這麼說的。說起來，如果犯人是野並繪梨奈，那麼順序應該也做不得準就是了。

兇手，就在這些人之中……吧。因為，能打開鶴里先生家的房門的，也只有包含有香小妹妹在內的四個人而已。

而因為棄置位置的關係，在超市大量購入的食物無法全部放進冰箱，無奈之下只能暫且放在一旁——類似這種感覺的有香小妹妹。在樹立起角色的地位之前就死了呢，是預定死後在衍生作品中登場嗎？不過好像不太可能。

而且，她殺害了鶴里先生的可能性也並沒有因此消失。這下子沒辦法取得她的自白了，真是嚴苛的狀況啊……啊，雖說有點晚了，不過現在來做一下她的人物描寫好了。

吹上有香小妹妹是花樣年華的女高中生，十七歲，不過是享年。臉蛋小巧，讓人不禁會聯想到保齡球呢。不過現在則是變得像腐爛的高麗菜就是了。決定了，就把她塑造成能玩弄死亡的輕佻角色好了。因為是騙你的，所以請虛構的幽靈們原諒我喔。

鶴腕（鶴里先生左手的簡稱）在曝光之前被我收起來，放在房間裡的一角，擺出昆蟲不知何時會一擁而上的架勢。

啊啊，說到蟲，以前我曾經被雙親揶揄說我就像蛾一樣喔……哎呀，明明是真的，但是全國的大家卻寫了很多煽起疑心的信來呢，這是為什麼呢？

我站起來，走近有香小妹妹的屍體。一陣撲鼻的惡臭襲來。是人類內側的臭味；還有生肉的臭味。雖然還比不上久屋小弟，不過這對女性應該是一種屈辱吧。

從有香小妹妹衣服裡露出來的，是攜帶型音樂播放器。因為我今天使用英文過度，所以正式名稱沒能在我的記憶中出現。決定借來一用，然後回到原位。

見我回到位置上，小今小弟不悅地開口：

「真是掃興。」

小今小弟放鬆姿勢伸長雙腿，以不愉快的眼神瞪著有香小妹妹的屍體，口中嘟噥著夾雜不滿與埋怨的低喃。

「推測誰是犯人，客觀上來看只是三選一的問題；如果是當事人更是只剩二選一。唉——早知道會這樣，應該等計畫擬得更好一點再開始。」

小今小弟因為遊戲經營失敗而感嘆，誇張地嘆息。表現得這麼露骨，你要叫有香小妹妹把臉往哪裡擺啊？

不過不知道是不是因為察覺了這個氣氛，他立即放鬆表情，窺向我與艾莉娜小妹妹。

「我在說什麼啊，我也有可能是犯人啊。」

「是啊，丑角很容易在結局搖身一變，這已經是慣用手法了。」

「啊，而且還有白太這條線啊，他搞不好是躲了起來，然後把我們一個一個……不過啊，我們四個人想要的都不是這種遊戲啦。」

「嗯嗯，比起驚悚，還是推理好一些。」

我表面上應付著對話，心裡則在檢討今後該作何打算。

……嗯～當初沒料想到還會再追加出現死者呢。

而剩下的兩人，似乎也沒什麼「下一個就是自己」的危機意識。抽身的時刻……話說回來，當初別淌這個渾水不就是最好的辦法嗎？……人生真是麻煩啊。

這樣下去，我總有一天也會落得像桃花那樣的命運吧。

「總之，得先處理一下有香這個臭味才行。臭死了。這味道要是漏到外頭可就麻煩了。」

和內容背道而馳，那口吻聽起來一副冷淡又嫌麻煩的感覺。臭味。的確，要是漏到外頭，搞不好會為公寓帶來新八卦。不過說起來，有香小妹妹已經回不了家了，要把她當作失蹤嗎？

有香小妹妹的雙親會怎麼想呢？畢竟這已經是繼久屋小弟之後的第二個人，大人們應該也會召開會議了吧？只能祈禱他們不把這當一回事，繼續採取靜觀的態度了。

要是鬧到警察出動……我可是會困擾給你看喔。嗯，真的。

「我說，繪梨奈妳啊……也太專心了吧？可惡。」

為了不讓有香小妹妹的屍體直到現在也展現出來的素描魂白費，艾莉娜小妹妹從剛才起就在地板上摹寫著那個構圖。她以鼠婦般的姿勢趴在地板上，拚命地畫著。艾莉娜小妹妹，妳在畫什麼呀～？嗯～畫偶豆朋友～

不只因為一動也不動很好畫，獨特的姿勢更是增添了描繪的價值。

不過，如果這個孩子是犯人；而這都是演技的話，應該能拿到什麼獎狀吧？

從側面偷看她的畫。寄居蟹的旁邊橫倒著屍體人偶，構成一幅超現實主義的畫面。

「好，改變路線吧！偵探與殺人魔的對決！果然還是要單挑啦！」

一個人炒熱氣氛，小今小弟奮鬥著。

一個人描繪，艾莉娜小妹妹默默地持續作畫。

然後我將剛才拿來的音樂播放器的耳機戴上，笨手笨腳地操作播放音樂。

從中途重新啟動的音樂……這就是那個帕海貝爾嗎？可是，歌詞是日語耶？

從播放器的液晶螢幕上確認，顯示的完全是不同的曲名。

滴、i、欸死……呵呵呵，從早上就練習英文，字母唸得真完美呢。

不過總覺得這首歌，和那個帕海貝爾什麼的是不同種類的音樂。只是直覺啦。

算了，應該是灌了很多不同的音樂，隨心情決定要聽哪一首吧。人都是這樣的嘛。

而就像各式各樣的人都是「人類」；不管哪一種聲音也都是「音樂」。

而這裡演奏的，是完美的超棒音樂呢。

因為毆打與血液飛濺的聲音，都被美麗的音符之雨沖刷洗淨了，對吧？

不管非日常出不出現，日常都還是會繼續下去。

例如，即使眼前有人正在痛苦掙扎，瀕臨死亡邊緣。

但是在世界某處的同一時刻，一定也有人是過著安穩的；和死亡沾不上邊的每一天。

我重新體認到這件事的時候，心情不由自主地放晴了。不過原因是什麼，我到現在都還沒整理出一個頭緒來。因為放晴的關係，東西全都從我的四周被撤掉了。

中午前，三人空轉的會議結束後前往超市購物。我一向都在星期一或四把東西一次買齊。順帶一提，今天還在同一間超市裡目擊了麻由子，而她的身邊還跟著一名男性。說到那名男性，他的爽朗指數大概是，如果把河岸邊的小石頭從鼻子塞進他的體內，就能從眼睛射出玻璃。更簡單一點地說就是帥哥吧，that's小規模。唔，右腳看起來有點一跛一跛。他的臉上始終掛著像是把泥漿以下省略的笑容，不停向麻由子搭話，卻被徹底無視。不過從反方向來思考，這也代表他們之間不是一般的關係呢，大概是被當作比空氣更不顯眼的存在吧。不過那不關我的事。

麻由子的隱私，我只干涉夜晚的部分。

好啦，來買東西吧。

我每天都儘可能避免前來超市，所以才決定一週前來兩次，一次把東西買足。

這麼做的理由是——嗯，起因是每次茜都會跟著來。

「哥哥——這個這個！」

「好、好，零食只能買一包喔。」修正之前的感想，這孩子真像個幼稚園院童。

這四個月來，她可是把外頭賣的零食給嚐了個夠。因為以前住在宅第裡的時候，負責採買的菜種很討厭這些東西，所以茜沒什麼機會接觸這些點心。

「哥哥、哥哥～！」這次是強拉著我的袖子把我帶了過去。

「好好好，哥哥來了～什麼事啊～？」因為主婦們的視線很刺人，只好認真應對茜。

要是在下雨天撐傘，那把傘就會被淋濕啊。

「有廟會耶，妳看妳看，傳單單～」她像找到點心區的小孩似地指著牆上。

「哦——」我以比豆腐還淡薄的心將其輕輕帶過。

「興奮興奮。」不由分說地硬是咬了上來。毫不挑剔，在壞的方面來說就叫沒節操啊。

「很遺憾，我裡面的我一點也沒有興奮起來（註：原文為オラはワクワクしてない，改編自《七龍珠》中孫悟空的口吻）。」

「呃──上面寫……八月……十七日。快到了耶！」

「那一天不行唷，要補習唷（註：原文為模仿《哆啦A夢》中小夫媽媽的口吻，ザマス）。」

「咻──！咻碰噠噠噠砰砰砰砰──！」「碰！」讓她安靜下來。

唔──她被教成一個不聽人說話的孩子了呢。雖然已經不想再見到雙親的臉，不過看來大江家的血緣似乎是母親那一方留下來的比較濃厚。不過要是像爸爸的話，大概會被提名為今年最大的悲劇吧，大概只比不是本世紀好一點點？

「不行嗎～？」咬著大姆指，茜低著頭，只有水汪汪的眼神向上看著我。

「我們沒那麼多閒錢啦。」我以真心話回應。

「唔～那我從現在開始都不買點心，把錢省下來。」她開始將零食從購物籃裡拿出來。

「……………………」呼──繼蔬菜漲價之後，今天的第二次嘆息。

令人困擾的事愈來愈多了啊。

感覺和購物籃裡一直被強迫推銷塞進東西沒兩樣呢。

這不是讓我不答應也不行了嗎？真是的。

第三章「LIE³ AGAIN」

她說，姊姊彈的鋼琴根本不是樂曲。

一點也沒錯，我以手指押在琴鍵上給予肯定。

我樂在這些聲音之中；並沒有想要玩弄人家的樂曲。

這麼說之後，桃花天真無邪地說不行不行，否定了我的音樂，然後開始以拙劣的技巧彈起「櫻花」。

是媽媽教我的——桃花在我身旁天真地微笑。

一副相當得意的模樣。

我沒有確認那個「媽媽」是哪一個。

只是摸著妹妹的頭說：「真厲害呢～」

要說哪一種生活方式最奢侈，那就是誠實地活了吧。

雖然大人總是教育小孩「不可以說謊」，但是似乎卻都只說了事情的一半。順帶一提，對這個世界上大多數的場合來說，「半對」只有等同於不對的價值。嗯，真的。就像兩手被敲打的時候，就算只去壓右手也還是會痛。

正確來說，大人應該教小孩的是「不要說對自己沒好處的謊」或是「說不傷害對方的；不會被發現的謊」才對。

要人不說謊，對人生難易度的要求也未免太高。太嚴苛了。

對自己討厭的人，就直接正面對他說討厭。

對自己喜歡的人，就直接正面對他說喜歡。

的確，沒有哪一種人生，比這種生活方式更滋潤心靈了。

然而這種生存方式，根本成立不了。

「我不這麼想耶？」

「一點也沒錯。以妳的年紀，還真是具備了飽經磨練的慧眼呢。請容我對妳深感敬佩。」

「能得到妳的認同我深感榮幸。對了，妳是叫……克萊西絲（Crisis）小姐嗎？」

「哎呀，玩起聯想遊戲了？呵呵呵，我可是神奇香蕉（註：出自1990～1999年間的綜藝節目，「マジカル頭脳パワー（神奇腦力）」）世代的人，不會輸妳的。說到黃色就是咖哩。」

「真遺憾，我家的貼樂必(television)準播的是『橫奪四十萬（註：1988～1996年間的綜藝節目「クイズ世界はSHOW by ショーバイ!!（猜謎世界是秀by做生意!!）」的遊戲規則之一）』。那麼，眼前讓我聯想到誤認逮捕的JCOM（註：日本某人力派遣公司）刑警找我有何貴幹？」

「並沒有什麼特別計畫好的事啦，只是路上偶然的邂逅。啊～這旋律真是太美了。」

「就是啊。不過這旋律的波紋，因為妳向我搭話而被打亂了呢。嘀咕嘀咕。」

「這一點還請見諒。我因為在新學期被任命為『關心佐內利香小妹妹生活股長』，不自覺地就在職務上發揮出平常的面貌了。習慣真是個可怕的東西呢。」

「比窗邊族被更具體地冷凍，還真是辛苦妳了。」

「也為了順便聽取關於生活的小報告，要不要和我一起吃頓飯？當然，是由我這名社會人士不才上社招待。不管是要吃燒肉還是迴轉壽司，都可以滿足妳的要求喔。」

「呵，妳對我的評價似乎過高了呢，只要咖哩就能讓我對妳下跪了。」

「想要加什麼料也悉聽尊便。」

「也可以允許打包一份帶走嗎？因為寒舍還有個肚子空空，馬來西亞出身的舞者在期待著故鄉的比佛利山莊級咖哩。」

「雖然過度難以理解，不過就暫且允許吧。」

於是我跳上了ＪＣＯＭ車的後座。

以上就是八月十六日，有點漫長的一天的開始。

好辣！體內的糖分不由得開始集結在舌頭上。騙你的。

裝做若無其事地吞下，喉嚨被燒灼得一片火熱，然後以不慌不忙的態度拿起水杯。察覺自己的演技已經瀕臨極限，於是迅速將杯子就口把水灌入喉嚨。

「哎呀，妳不能吃辣啊？」同席的人十分敏銳地丟來一句。

「咕嘟啵啵啵～啵～啵～嚕嚕嚕～」我以泡泡開朗地應答。聽得到嗎？

「……還真像神經衰弱呢，佐內利香和那孩子都是。」

「啵啵啵啵嚕～嚕——嚕～嚕～嚕～嚕～」那是誰啊？雖想傳達「我的名字叫平針須見」，不過我有自信對方絕對沒接收到。真是沒意義。

坐在我對面的便服刑警以毫不在乎熱度與辛辣的表情，將湯匙一口又一口地送入嘴裡。她那身雙色橫條花紋的打扮是怎麼一回事啊？某種意義上來說，是和手銬相當搭配的服裝呢——我在一開始剛看見時還差點說溜了嘴。是的，沒有說溜嘴，而是直接這麼說了出口就是了。但她還是保持著微笑。

我為了購買午餐的配菜而晃呀晃地來到外頭，結果被非輪值中的J・奈月給捕捉，然後因為受到錢包中寒氣的指引，為了省下午餐錢而與她同行。

不過這些就和便當裡的竹葉裝飾一樣無關緊要，問題在這個會讓我大腦暫時貧血的玩意兒。看來這世界對這種黃色液體的認知和我不太一樣呢。真是麻煩。

菜種做的咖哩口味就很甜呢，真是讓人心存感激。不過說起來，在我的印象中那一家人從不攝取辛辣的食物，莫非是甜食一族？所以才會全員都腫得以下省略。不過我記得裡頭茜是攝取最多各種東西的，但是卻一直是瘦子體型呢？

「喔呵呵，需要我把它吹涼之後再讓妳好好品嚐嗎？」

「如果JCOM小姐吹出的氣息帶有甘甜的成分，還請務必這麼做。」

雖然屈辱讓我的腳趾都弓了起來，但我還是以螯蝦外殼般的笑容回答。

絕對嚴禁一切以強硬態度回嘴的行為。因為，我沒帶錢包。

沒有帶錢包出門的習慣，所以身無分文。要是店裡突然發生槍戰，眼前這位刑警大喊一聲「好啊！」之後不幸地殉職，那我就得趁亂逃跑吃霸王餐，或是進行勞動工作最常見的洗盤子直到地老天荒了。

啊啊……！我好想要錢吶……！這層偽裝成玩笑的膠囊外衣愈來愈薄了。

「生活方面不要緊嗎？老實說，因為完全不清楚妳在什麼樣的家庭裡過活，就連要定出該往什麼方向擔心都令人傷透腦筋。」

迅速進入第二盤的「給我擔心一下妳的腸胃」傑森奈月窺探起我的私生活。若老實報告「一貧如洗」會不會得到些許援助?不過，這麼說太危險了。要是被強制遣返，我可是會很頭痛。在任何方面，都會比現在的處境更困擾。

「很好啊，我過著每天都能吃炸蝦天婦羅那種程度的好日子呢。」

「雖然我很想向這種僅僅是水平線的奢侈感表示敬意，不過大姊姊我很遺憾地因為職業病的關係，很討厭謊話喔。利香小妹妹。」哎呀呀，開始用起親暱的稱呼了呢。

我是利香(Rica)小妹妹，現在就在妳眼前喔（註：從莉卡娃娃和日本知名怪談「瑪莉打來的電話」衍生的複合怪談，故事主角會接到被自己丟棄的娃娃打來的電話）。不過這不用報告也知道吧?妳是在看不起別人的視力嗎?哎呀~哈哈哈……好啦，該怎麼回答呢?

「呵呵呵，穿幫了?能看出那種飲食生活不可能維持這種好身材，妳的眼力不錯嘛。」

為了自然地演出，我以湯匙舀起咖哩送入口中……嚼嚼。呃——若以這個份量作為測量的基準，換算一下剩下的份量……大概還有三十口吧?我可能會變成噴火的怪獸呢。

另一方面，吃相感覺能從嘴裡射出熱線的傑佛遜奈月停下動作，將盤子推到桌面一角，身體前傾，伸出手把我的臉當成易碎品一般撫摸。指甲輕輕地刮著，我的臉湧起一陣寒意。

「妳比之前憔悴多了。我很懷疑妳一天有沒有吃到三餐。太可疑了。」

「因為我以蔬菜為主……」

我初次讓珍妮佛奈月認真的表情和眼球直視。

不過，我這一方則是輕佻地訝異著——她真的是三十歲嗎？

和周圍開朗吵雜的喧鬧聲相反，只有我們這一桌的空氣透出一陣冷意。都已經位在有冷氣的室內了，這實在不太需要。要是連自己的體溫也跟著下降，感覺這錢還真是花得不值得。

調整心情，不讓自己往「明明不是自己付錢，卻不由自主地憤慨起來」的情緒傾斜。不可以誤判示弱的對手，這是為了明哲保身。

「妳聽好了，利香小妹妹——」「平針須見。」「那是誰的名字啊？」是我家附近以前的女高中生的名字。「當然是我的名字啦，順帶一提，星座是水瓶座。」

戳戳——潔西卡奈月的指尖押進我的臉頰。她的眉頭深鎖，彷彿有什麼要破裂了似的。

那是一瞬間甚至讓我湧起危機感的怒意。她將手抽回，姿勢坐正以後低聲呢喃：

「願意幫助妳的人一定很少吧？」

「哎呀，因為我一直選擇否定的選項，所以被任命為沒有朋友的角色了。」

「這頓飯吃完以後就要和妳道別了，我祈禱我們雙方都不會因此後悔。」

「嗯，一點也沒錯。」不過，我已經對自己指定的食物種類感到後悔就是了。

傑內拉爾奈月以比起不愉快更像是慍怒的表情，高速地動起湯匙。連一個只要自己好好表現就能使其成為友方的人都加以激怒，我到底是想要什麼呢？

對社會的不適應，我恐怕還在『那個』之上吧。

也就是說，我大概也會很短命吧。騙你的。

往後與人來往的方式或生存方式一類的，想必還會有許多感到後悔的可能吧。

……即使如此。

我還是要繼續防止我的世界混入異物。

不是不想邀請傑拉德奈月前往我住的公寓前面；而是不想被她知道我住的地方在哪裡。

因此，我選擇在咖哩餐廳的停車場分道揚鑣。我沒有選擇「我才不要！」這種過於率直而惹人不悅的拒絕方式；而是溫順地說：「那麼，期待與妳在這城市的某處再相逢～」在表面上討好對方，然後維持戴著狐狸面具似的微笑離去。

我手上拎著外帶的雞肉咖哩套餐外加兩顆水煮蛋，站在被灼熱以及鋼筋水泥所包夾；飄著工業臭味的空間中。水煮蛋微妙地傳來硫磺的臭味。

瀕臨被有氣無力感吞噬的邊緣，打起陽傘。即使只是局部，做出一部分陰影來減輕太陽射下的光線也好。不知道為什麼總覺得很累，還是回家吧。

回到公寓……把茜餵飽……再出門一陣子……然後該怎麼辦呢？此時此刻，連自己的大腦都放棄去思考該做什麼好了。客觀上來說，若是知道了極限在哪裡，就會沒辦法再努力下去呢。而且因為肚子吃得很飽，疲勞與睡意伴隨著痛苦，虎頭蛇尾地混雜在一起。要是可以的話，真想回到餐廳裡睡個一覺。

看了四周的景色一圈，模糊地想出回家的路以後，緩緩地邁出腳步。

和前往小學泳池的孩童擦身而過，走在像是夢一般的道路上。意識飄忽，掌握不住離公寓究竟還有多遠。前頭葉莫名地沉重起來，使我自然地前傾。

因為要回去的那個家，問題堆積如山，所以相當麻煩。而且說起來，向那個傑米妮奈月求助不就好了嗎？分別才不到五分鐘就已經發現了後悔的足跡，我不得不厭惡起自己來。

媽媽也真是太過分了。就算把我們使用完了，也該留下充實的後續保固才對嘛。

最後該不會變成我得去工作養活自己和茜吧？不過，又有誰會雇用我這種女人呢？這件事先不提，說起來剛才可真是危險吶，就這麼若無其事地闖了紅燈。要是被車子撞了，水煮蛋會被車子壓扁，咖哩也會混進出血辛香料，兩者都會變成一場空啊。更何況若是如此，我就得在這熱死人的天氣裡搜索詹姆斯奈月的身影，或是重新買一次午飯才行。那麼，我就會因為貧窮病、中暑，真正原因是失血過多而死，集所有災厄於一身吶。至少在闖紅燈的時候看一下左右好了。

嗯，這真的是錯的。

然後，說到哪裡了呢……啊啊，是說到擺脫貧窮貴族了吧。不過，因為我經歷過只有一種方法可以得到金錢的時代，所以就是躊躇著沒辦法踏出那一步。啊啊，真是傷腦筋，感覺就算現在遇上有人拿著菜刀在馬路中央揮舞，我也不會選擇繞遠路避開吧？或許，解決所有事情的方法就是自殺。

我就這樣子由些許的朦朧和白日夢護衛著一路前行。

突然，有一道宏亮的聲音向我招呼。

眼球因為過於驚愕而直接往橫轉去；肩膀也因為這超越了言語的招呼而跳了一下。將傘打斜，露臉確認聲音的來源。「……啊啊，他家是在這裡啊。」

看來是狗兒沒錯過偶然經過金子同學家的我。次郎汪汪汪地吠叫；啪噠啪噠地搖著尾巴。夏天必備的沙灘熱舞自然也沒少。

不過牠因為繩子的限制而無法衝到我的腳邊，我學麻由子那樣東張西望了一下，確認四周沒有其他人影之後，擅自踏入了他人的土地。我主動接近次郎，屈膝蹲下。我這麼做之後，牠的前腳便搭上了我的膝蓋。

「哎呀呀，感謝您今天也指名我。」我隔著不致讓牠誤會的距離把手上東西放在地上之後；將次郎抱了起來。感覺牠脖子上的繩子好像有點繃緊了，於是再前進了一點。被囚禁的人類表現很冷淡；但是狗卻充滿了溫情呢——我好像聽到虛構的觀眾還是實際存在的人物在這樣吐槽，不知道這算不算是誇獎呢？

因為即使無關友情和戀慕，牠也能重視其他生物。

而且牠似乎很喜歡我。不需要明白對方背景的交際，這真是太美好了。在與知道我是誰的人共進午餐之後，我很期待這能夠當作對神經的一帖清涼劑。

我將食指伸進牠尾巴畫出的半圓形軌道，柔軟尾巴的末端不停掃著我手指的第二關節，我的臉上漸漸浮現像灌了溫水而膨脹的水球般的笑容。

可能是察覺自己的尾巴碰到了什麼，牠圓滾滾的瞳孔開始不安分起來，在我的懷中轉動身體試圖確認自己的背後，不過卻都徒勞無功。

我得到治癒了。嗯，真的是真的。果真不能小看動物療法。

芳香療法雖然不太能得到我的信任，不過菜種似乎挺喜歡那一類的東西。

把牠抱近胸前，牠的腳開始踢呀踢，然後在找到重心穩定的落足點之後停下動作。

光線透過打開的紙傘，讓次郎染上一身和我一樣的紫色，不知道牠是不是覺得這很奇妙，眼神不時在抬頭看傘與看我之間轉移。

在夏天抱著牠雖然有點熱，不過牠毛皮的觸感是不分四季都令人愛不釋手的好東西。

「……毛毛夫。」我試著以接觸感應(psychometry)找出了牠的本名。接著又得知前任的太郎叫蓬軟夫。而就連金子同學的名字也開始要浮現在眼白中……嗚，腦細胞燒焦了。

不知道毛毛夫喜不喜歡水煮蛋？不過我不具備餵牠吃這個要不要緊的知識。記得洋蔥是絕對禁止。算了，搞不好牠正在實踐一日三餐這個健康秘訣，還是別餵牠吃點心，摸摸牠就好了。

用手指撫著牠瘦小的身體與毛皮；眼睛則環視參觀這棟房子。

院子深處長著短短的雜草，傳來一股像是用臼齒咬碎了乾土塊的味道。沒看到什麼樹木，但是蟬鳴聲卻不絕於耳，有一種被夏天給包圍了的感覺。

注視自己的腳邊，發現被曬乾了的蚯蚓……對啊，還有用蟲當食物這一招呢。

玄關的門橫向滑開，戴著帽子與工作手套的金子同學現身。

「啊——天野妳好……啊——不知道還有什麼別的打招呼方式可以用？」

「午安。外頭的聲音連裡面也聽得到嗎？」

「不是啦，是我弟從窗口看到，然後跑來跟我說『哥，有奇怪的人在院子裡。』他大概是覺得既然我要去院子拔草，乾脆叫我來瞧瞧。不過看到妳出現在這裡，我也嚇了一跳就是了。」

金子同學臉上掛著社交式的笑容向我走近。涼鞋踏在土上的聲音聽起來真舒服。他走到離我的傘一步的距離站定，搔了搔臉頰：

「呃——妳是來找我家狗玩的嗎？妳知道我家在這裡啊？」

「我只是偶然經過，是牠出聲叫住了我。牠真是積極呢。」

而且總覺得金子同學出場的機會還真多。這是不是次郎的功勞呢？不過這恐怕只限定對我出現的場合有用。換是其他人，對狗不理不睬的可能性極高。

呵呵呵，我是「被選上的人」，金子同學也因此得到幸運……好像也不能一言以概之說有。

「對了，牠喜歡水煮蛋嗎？」

「咦？啊，我沒給牠吃過耶……妳要餵牠嗎？」

「我只是在想是不是該支付觸摸費。」

「啊——妳等我一下。」金子同學回到屋內，不到一分鐘又走了回來。

他的手上拿著一個已經開封的袋子，切口剛好開在狗圖案的脖子部位。

「這個給妳。這是牠的飼料……還是該說零食？請。」

「……謝謝。」總之先收下來。該不會是要我吃吧？嗯，應該不至於。

沒有繼續觀察我的動向，金子同學走到一旁蹲下開始除草。他啪嚓啪嚓地把雜草連根拔起，一旁慢慢形成一座小山。

金子同學也真是的，還為我設了一個餵食體驗區？他還真是熱心地過了頭。

先不管這些，總之從袋裡掏出一根狗兒的零食。次郎果敢地對這個做成大腿骨形狀的棒子產生反應，腳又把我的手當成地面踢了起來。東西一靠近牠的嘴，次郎立刻像搶奪似地咬上來，開始喀嘰喀嘰地大嚼起來。牠豪邁的吃相加上強健牙齒漂亮的咬合，使骨棒漸漸變小……這個很好吃嗎——我的心裡又興起了差勁的興趣：

「現在的狗食，種類還真是各式各樣呢。」

我丟出一句不至於打擾他手邊工作的寒暄。正想著就算他沒聽到也無所謂時，金子同學還是很有禮貌地加以回應了：

「妳說現在，意思是妳以前也養過狗或什麼的嗎？」

「不，一次也沒有。」而且反而是被飼養呢，就像觀賞用動物那樣……要是能在這裡用「騙你的」，把沉澱在情緒裡的東西抹去就好了。

他用手揮去飛舞交錯的蚊子與蜜蜂，看向我和次郎。

「不過，妳真的很喜歡狗呢。」他那話中帶笑的溫柔口吻真叫人火冒三丈。

「嗯。因為在緊急時刻可以當作糧食。」

「啊——……我覺得我好像愈來愈了解天野妳的性格了。」

即使陽光直射進他的眼睛也沒能使他改變表情，依然笑笑地玩弄著我。

要是這麼簡單就能了解別人的性格，那我的一百個朋友（註：出自とよ田みのる的《友達100人できるかな（能交到一百個朋友嗎）》）就不會在夢的另一頭打瞌睡了。

「天野妳家有養……啊，應該不行。因為妳是住在公寓嘛。」

「是啊。」目前以不再增加餐費為優先事項。

「說到這個，聽說住在那棟公寓的高中生失蹤了，我媽他們都在八卦這件事呢。」

「啊……好像是這樣沒錯。不過因為我和鄰居沒什麼往來，所以也不是很清楚。」啊，剛剛的謊話搞不好不是養殖而是天然的，因為我在事前完全沒有要這麼做的意識。

吃完骨骨子（就像大家都把自黏紗布片叫ＯＫ繃那樣的感覺，請各位如此理解）以後，次郎仍不時偷瞄著袋子。動作很像吃完半包洋芋片之後，還不滿足地盯著袋子裡剩下那一半的茜呢。她要是去另一個大江家，應該會被寵得要吃多少就有多少吧。

「啊，只能給牠吃一根，不能再給了，不然牠會吃不完晚餐。」

「他這麼說喔。」我把袋子收回來，藏進浴衣的袖子裡。

這麼做之後，次郎的眼睛便彷彿縮了回去似地藏進毛裡。真有趣。

把茜交給她的外公、外婆照顧之後，我就和狗兒一起生活好了。不過這在很多方面似乎都困難重重。

那不然顛倒過來想，我和狗兒一起住在眼前這間狗屋不就好了嗎？

「……呼。」嘆了口氣，次郎的毛隨之搖動。

朦朧地想著──狗屋也好，真想睡上一覺啊。

和沒讓毛毛夫之名蒙羞的牠度過一段玩樂時光之後，時間已經過了下午一點。離開咖哩屋時看到時鐘的長針與短針是在十二點的位置重疊，所以看來我已經在這裡待很久了。

喝完金子同學特地放下除草工作去為我倒的麥茶之後，我向次郎告別。牠不知道為什麼叫了三聲左右。是這樣啊——被這份離別的遺憾所感動，我喊著「來啊～來抓我啊～」以雀躍的小跳步跑上馬路以後回頭一看，那可愛又圓滾滾的眼睛帶著冰冷的表情凝視著我——到這裡為止全部都是騙你的。騙你的啦！

取回途中被金子同學拿進屋內躲避直射陽光的咖哩套餐，我踏上歸途。一個人的時候很少外出的茜今天也待在家裡，不過該怎麼解釋才能讓她不生氣呢？我陷入思考。但還是想不出來。

平常和集中力無緣的程度，就已經像是若不搭飛機就到不了的另一端；而今天覺得那距離又更遠了。我彷彿看見就像漫畫現象一般，因為壓迫感而變得巨大的對手。

對模糊的視野感到厭煩，決定回到家裡以後總之要先睡一覺。今天實在攝取了過多的他人成分，殺來一陣像是把花粉的丸子塞進鼻孔的感覺。而且在這之後，還有最少得再見兩個人的確定事項在等著自己，心情於是更加沉重。

和他人會面雖然能得到東西，但是能夠承載的容器大小卻是因人而異啊。我的心並沒有成長到能夠和複數的人類維持關係，而原因很明顯地是教育者不給予我這種機會，還不停灌輸我說並沒有這種必要。不是因為教育不好；而是因為被施以了不好的教育，所以被完美地逼上了絕路。有哪裡的誰可以來讓我抱怨一下嗎？

啊啊，未來提前成為了一片暗褐色呢。無力的我，連購買顏料的錢都沒有……說到這個，以前好像也有人這麼說過——

『對我來說，未來只是一種預定罷了，因為我已經把所有事都決定好了。不過一般批波（people）可能就割捨不下而被可能性所束縛，啊啊，真是太不幸了。然後自由地生活，將人生賭在未來……不必為了不可確定的將來而焦躁不安，這樣的生活真是太幸福了。』

那個人不知道現在還活不活著？那個人彷彿以他人的反感做為燃料而前進，頑固地追求忠於自我的生存之道，那樣的性格想必活不到老吧。我以不成熟的心這麼猜想。

不過，以我的世界為題的故事，恐怕這一生都不會出現就是了。

在隱約能瞥見公寓之後，我開始加快腳步。

要從爬升結束，暫時品嚐著高高在上滋味的陽光下逃離。

還沒進入公寓的，就和在院子陰影處的艾莉娜小妹妹四目相接。而她的腳邊正是埋著有香小妹妹的地點。我們在進行埋葬的時候，有香小妹妹的頭每次一晃動，大眼睛便瞪著我們，簡直就像還活著的有香小妹妹想要在被埋掉之前把我們的臉全都記住，然後哪一天就會搖晃著四分五裂的關節出現在我們的面前，然後手上拿著——現在不是像小孩說故事般營造煽動恐怖的怪談氣氛的場合。在掩埋屍體的時候，小今小弟率先大喊「我想做！」所以就全交給他，看他開心地挖出了一個大洞。因為接近土葬的等級，所以臭味應該不至於散發出來，而且我們也有很仔細地把屍體放進塑膠袋裡。啊啊，當然啦，是使用遵守法律規定的那種半透明袋子喔。

艾莉娜小妹妹在哀惜朋友的死——看來並不是。她的手貼在公寓的牆面上，好像在畫著什麼。她真的很愛畫畫呢。把地球當做畫材雖然有點稍微被擠出了藝術魂的討厭傾向，不過我祈禱她不會被地區的管理委員會責備。騙你的。

「妳～好。」

對方投來一個攔腰彎曲，變成V字型的招呼，連話語都順便從中間摺了一痕。雖想盛大地加以無視早早回家，但想想還是放棄，然後向艾莉娜小妹妹走近。

照理應該保持一段警戒距離，但是因為懶得踏步立定，停得晚了點結果就接近得過頭了。匆匆一瞥，她的身上沒有兇器類的物品，是只有麥克筆的藝術家模樣，所以只要我的身體不具美術價值，那我就是安全的吧——我像這樣給自己打了一劑強心針，看向左邊的牆——「公寓的簡稱就是藝術呢——」丟出了這種莫名其妙的感想。

牆壁沒有突起物的平坦壁面上畫滿了大量的塗鴉。一隻油蟬與像盛開的花朵般綿延不絕的蟬的亡骸分道揚鑣，開始飛翔。向日葵在新月的前端群聚飛出，周遭灑滿了花瓣。還有……這個畫的是螳螂吧？好大隻啊，這在鄉下地方是標準尺寸嗎？是個可怕的謊言。

然後是圍繞著沒有頭的屍體（不過這真的能叫做屍體嗎？因為若是有右手卻沒有身體，叫做屍體也很奇怪吧？），滿臉微笑高舉雙手的四人組。而他們男男女女的手上，都拿著滴著黑色血液的鋸子。在他們中央的屍體的四肢上畫了裁切線，然後上頭貼了膠帶加以修復。

我的耳朵現在似乎也能聽到，那個像太陽公公一般天真燦爛笑容傳來的嬌媚笑聲。

……不過，這邊全都是滿滿的有機溶劑臭味啊。這種遊戲是她的嗜好嗎？

「啊，那構啥麻啥麻小姐也想畫嗎？」麥克筆的前端遞到了我的臉頰旁。

「我嗎？」不是我在自誇，我有一次一時手癢畫了哆啦A夢，結果被說是「開朗的鼠男」，差點成為了這種毫無可取之處分野的開拓者呢。「不必了。」

「助樣啊……那妳逗人生有點遺憾。」她輕聲地播下代替離去後殘留體香的微弱毒氣，將手縮了回去。不過艾莉娜小妹妹沒有繼續創作新的壁畫，而是拿起放在腳邊的某種液體和抹布。隨著物品升高的因果關係看來，那似乎就是幾乎要溶掉我鼻子的臭味的來源。

「這個正中央的圖，是鶴里先生的謝肉祭？」

「嗯，是豆。偶是把大家討論豆夢想豆樣子畫下來。差不兜十歲豆時候，偶們四購人都一起去驟收音機體操；市民游泳池，大家感情很好，叟以偶覺斗遊戲一定會很好玩，叟以就先把它畫下來摟。偶，很不擅長交朋友，叟以偶很喜歡他們。」

「哦，那真是那真是……」腦海裡生不出好用的評語，算不上是回答的反應和口中的唾液翻攪。以我對朋友的知識來說，就是「沒有的話，大致上就會被當成最底層的人看待」。

「偶，因為頭腦很笨，叟以沒考上自己想念豆那間高中。不購即使如此大家還是在一起，偶很高興。」

她以掌心一個一個撫著畫裡的「朋友」。腳、頭、身體，全都用手蓋住，然後摩擦。是因為畫裡的每個人都已經久經年月而失去了幼體吧，身體很輕易地變成粉末崩落。

艾莉娜小妹妹原本是水平的手掌愈來愈帶勁，還開始用指甲抓了起來。而那帶著寂寥的爪子在某人的脖子上用力一抓，劃過一條線。看到那個頭和身體分家浮在半空之後，艾莉娜小妹妹焦躁地嘆了口氣：

「口是，住故夢已經永遠不口能實現摟。叟以偶現在在ＲＥＳＥＴ。」

唰唰唰地，她拿沾了液體的抹布開始消除沒有頭的屍體。比起標準的屍體，不用擦去臉部真是輕鬆多了呢——也不是沒因為這麼想而感到小小的竊喜啦，但是因為想到這件事的時間點在想像的範疇裡，所以最後沒能逃過大腦不及格的評價。

因為嫌動很麻煩，所以就自然地變成了在現場等待她完成工作。艾莉娜小妹妹繼續熱心地進行擦拭工作，在畫布塗抹上一片空白。一旁的蟬的屍體遭到池魚之殃，翅膀不見了。

最後，完成一個像是不會發光的太陽般的白球，蟬也被驅逐了幾隻。

月亮上的向日葵天下太平，在左下角綻放。

「ＲＥＳＥＴ完成，ＴＩＴＬＥ畫面回到一片純白。」

「妳很常脫口而出電玩用語呢？」那我也搭個便車好了，頭有沒有ＢＵＧ?哎呀，這沒有特指誰啦，請把眼淚擦掉。嗯，騙你的。

繼續播放。

「耶嘿嘿……因為偶平常都在打電動，不小心就脫口而出了。」

笑容帶著些許害羞。就在此時，側面頭髮的一束末端跑進嘴裡，她慌忙地把頭髮吐出來。

「哎呀，是這樣啊，我家小妹也喜歡打電動，不過最近因為沒有買新遊戲，所以她老是在抱怨著說自己沒事幹，真傷腦筋呢。」

「啊，那不然偶借妳一些遊戲如猴？」好孩子艾莉娜小妹妹駛出一艘材質不明的救生艇。

「哎呀，是嗎？太好了，我因為不懂年輕人文化，不知道要買什麼遊戲給妹妹才好呢。」

騙你的。而這個謊話之所以是大紅色，是因為反應出我心裡吐出的舌頭的顏色。騙你（以下因為開始重複，所以中斷）。

「要現在來拿嗎？偶媽現在出去工奏，家裡都沒人在。」

「……這樣啊，那妳去拿來給我吧。」

「咦？」

「我說，我在這裡等妳，可以麻煩妳回家去拿過來給我嗎？就是這樣啦。」

「……好豆，那妳等偶一下。」她似乎有點不能接受，就這樣歪著頭小跑步返回家中。

唔——果然凡事要試了才知道啊，沒想到這種命令竟行得通。用這種無禮至極的態度和人借東西還能成功的，也只有孩子王才辦得到吧？人類果然是想做的話還是辦得到（某些事）嘛。

在熱到已經不知道自己是站著還是躺著都曖昧不明的熱度中持續等待，然後看見艾莉娜小妹妹連門都沒關便飛奔而出。她悠哉悠哉地移動腳步，緩緩地回到我等待的地方。咦？你說這個敘述和前面有矛盾？這是因為心（表現）和身體（現實）是兩回事啊。再加上這個熱度，也有可能讓人在中途就失去幹勁對吧。對吧對吧。

啪噠啪噠——艾莉娜小妹妹拚命似地花了很長的時間跑過來，站定之後吐了一口氣。她的手掌向我伸出，掌心放著幾塊比蘇打餅乾還小的遊戲卡匣。

「就是鐵些。」「謝謝妳偶。」哎呀，我被傳染了。總之，入手了數枚娛樂用品。給茜的禮物又多了一項，而且是以不會讓我的錢包溫度下降的理想形式。

另外，總覺得，會不會是艾莉娜小妹妹殺了有香小妹妹呢？

艾莉娜小妹妹握著麥克筆，奮發地表示「我要在這裡試著畫出新的遊戲的雛形！」將這樣的她放置在原地，我收起陽傘。

然後不小心走錯家門（不過久屋小弟現在不在，不知道能不能得到茶點招待？啦啦啦），在一直線繞了大遠路後回到自己的家門口。

「……呼。」敲門二十下。完全沒反應，只好用身上帶的鑰匙開門。啊啊，真沒意義。

總算回到自己家門的內側了。

在脫掉草鞋之前，背靠在門上大大地嘆了口氣：「……累死我啦。」

這應該是過度的充實感所帶來的壓迫。在短時間內經歷過多與他人的接觸，害自己的心都被塞滿了。也就是說，因為是藺居族，所以要和人對話實在很痛苦啊。

人類雖是由四成的自我和六成的他人所組成，但是我的組合比例卻是相反的。所以，一旦得意忘形地攝取了過多的他人成分，胃部就會立即產生一股燒灼感啊。

「啊啊……我回來了，茜……」

想告知自己已經返家，不過聲音在中途就逐漸消失。

茜露著比以前更瘦了的肚子，苦著一張臉呼呼大睡。

只有電風扇在室內旋轉著。

「啊～……有什麼……來了。」我押著額頭，強忍住暈眩。

不管是別緻的音樂或切換得漂亮的場景轉換都付之闕如，現實的情景。

這個現實溫柔地打擊著我。

覺得在那裡看見了我的世界的一切，眼淚輕易地落下。

背靠著門緩緩向下滑，一屁股坐到地上。

光是吸氣吐氣，便讓心跳數上升。深刻的達成感。認知到自己的世界仍與許多事物連結，我難堪地高興了起來。太難看了。

明明討厭人類，卻又如此需要與他人的接觸。

……啊啊，聞到一股腐臭。看來右手開始腐爛了呢。也差不多該做個結了，許多方面都是。

被包含著虛脫和滿足的；奇妙的感覺所翻弄。

光的洄游魚開始在我的眼中悠閒地游泳。

「哥哥！嘿唷～嘿咻～快起來～」

在家挨餓的馬來西亞出身懷念著故鄉比佛利山莊等級咖哩的舞者——除了最初的形容之外其他無一適用的少女——我察覺自己的肩膀被她搖晃著。

「……唔。」揉揉眼睛，趕走視野中的模糊。伴隨著伸展身體的同時打了個呵欠，解開凝固了的意識纖維。情緒的消散似乎已經比睡前收斂了一些。

集中精神為心做個柔軟體操，然後向茜打招呼。「早安。」「午安啦。」「好好好，午安。」

茜滿臉微笑，心情似乎很好，理由不知道是不是她嘴角附著的咖哩殘渣。

看來，我是在玄關坐下來就這麼睡著了。身體以後背為中心一片僵硬，批判著我難看又欠缺考慮的就寢姿勢。承蒙指教了，尤其是脖子。似乎是落枕了，脖子右邊的筋肉傳來陣陣刺痛。可能是因為我一直歪著頭睡覺吧？我轉動腰部和脖子試圖進行復健。

「東西好吃嗎？」

「嗯。蛋也超難吃的。不過，我還是覺得菜種做的更難吃。」

很老實地對料理做出評價。不知道是不是想起了那味道，甚至還伸出舌頭舔了舔嘴。

沒有什麼好記恨的。對於把我最中意的妹妹餵得飽飽的菜種，我毫無怨言呢。是誰評論她為沒有敵意的孩子呢？如果看穿了問題的答案，還請務必順便給予其適切的教育呢。騙你的。

「哥哥。」

「我說過多少次了，不要凝視我的上半身然後這樣叫我。妳是想找我碴嗎？什麼事？」

「妳遇上了什麼好事嗎？」

我家的吃飽睡睡飽吃女孩特地蹲下來，以和平常一樣由下往上的眼神看著我說話。這孩子說好事的意思是，因為是相反……所以是在問我是不是遇上了什麼不好的事吧。

「妳怎麼會這麼問？」

「因為啊，妳睡覺的時候一直唔～唔～地呢喃。」

在說到唔～唔～的時候還特地用手指插進嘴裡往橫拉開，真不愧是我家的吉祥物角色，光這一招就讓我的心情都和緩下來了呢。我也不由自主地酥軟了。不過我刻意不提到是哪個部位。

「沒事啦，我只是在夢裡練習雲龍型（註：相撲的橫綱入土俵儀式中使用的一種手勢）而已。」實際上也就是這種夢。

「是嗎～？那我就不擔心了～」

她以放鬆心情的笑容嗯嗯地點頭，結束了對我的關心。

會為我擔心，茜真是個好孩子呢，因為她有好好地完成屬於她的工作。

畢竟她除了這個用途之外，似乎也派不上用場了。

「茜。」我模仿著不知名的某人，觸摸她的臉頰……雖覺得好像瘦了，不過並不確定。因為這還是我第一次用手掌包覆她的臉頰，我的記憶中沒有任何可以做比較的對象存在。

「嗯～？」

「我覺得，妳可能還是去大江家會比較好。」

「……………………」

啊啊，又停止了。妳能夠決定的，就只有在那間宅第的桃花之類的是嗎？在被菜種提出問題的時候，就已經將自我耗盡了嗎？

「這樣子下去，妳會從被某人養活的日子裡驅逐出去喔。」

然後在路邊等死。

這孩子，比誰都還要難以獨自生存。

以前的遊戲裡不是有這種角色嗎，那種負責說明——這裡是○○村——那種人。就只是為了這個任務而被配置在那裡，除此之外什麼也辦不到的角色。

茜正是這樣的角色吧。為了媽媽的方便而被製造出來，然後已經失去了用途。

真的完全沒辦法在別的方面派上用場。在此獻上人類最棒的湯馬森（註：トマソン，日本特有名詞，意指附著於不動產上，不具用途與創作概念的藝術作品，名稱來自日本職棒選手）這個別名。

她或許是對這有自覺才和我在一起，但是她似乎對這件事情是我煩惱的根源毫無自覺呢。

我不擅長被某人需要。

尤其是被當作家人傾慕，光想到就讓我背脊發寒。

若是不相關的他人，就可以很簡單地加以切割開來，所以很輕鬆。

……啊啊，就是這麼一回事。就是因為這樣，我才會喜歡那隻狗吧。

因為不必負任何責任嘛。

結果，不是茜代替狗；而是狗代替茜嗎？

「喔呵呵呵呵。」我自然地令人不舒服的笑了。

哎呀～真傷腦筋～

原來我那麼弱啊。

真是個嶄新的幻滅。

「不過啊，茜，妳還是留在這裡吧。」

在諸多方面都放棄，為現實蓋上蓋子。

殘留在臉部內側的光魚拍打尾巴激起飛沫，好燙。

「嗯！」哎呀，真美的笑容。這樣就好了。

因為，看來妳並不是我的世界裡的異物，而是幸福的材料。一定是。

結果，幸福這種東西只是對位於自己世界中的人特別優待；把不幸推去給圈圈外的他人，不過就是像改變圓頂裡的氣壓那樣罷了。

例如，A黏著自己喜歡的B不放，而另一方面，單戀B的C或其他人就感到不幸。A就在對此沒有自覺的情形下，將不幸推給了本應怨恨自己的C。

會變得不幸，往往都是因為罹患了「重要的人一個個變成不相干的人病」……啊啊，那些殺人犯應該也是得了這種病吧。

在奪走性命的瞬間，對象就只有他人或自己這兩種啊。

……算了，這種有難度的事就先放在一邊，結論大概是，若沒有至少像是撫養妹妹這種目的存在，那人生還真的會是窮極無聊？

嗯，真正的謊話真的是繼續騙你的是真的。

然後到了深夜。今天也要前去欺凌那名年紀比我輕的男孩。

這是會產生語病的真實說法呢。在與人遭遇的容許值已到達極限的今天，還真不想抗拒翹頭的誘惑，但因為早被告知——今天很重要——所以不能翹頭。這個戲言是真的還是騙你的呢？

茜在棉被裡打滾玩著電玩遊戲，我把她丟在一旁，並且鎖上門離開屋子。庭院裡似乎只有有香小妹妹，沒看見其他人影。因為剩下的兩人之中有一個是殺害有香小妹妹的兇手，所以他們現在可能正在某個地方廝殺吧——我這麼想像著走上馬路。當然，因為我也可能成為襲擊對象，所以不能疏忽警戒。但是話雖這麼說，以一個在這方面的外行人來說，我再怎麼努力，保護自己的效果也有限就是了。果然，淑女半夜走在路上，還是需要一名男性護花使者啊——身體的哪裡都好，借我擋一下——主要是做為盾牌的用處。

在公寓完全在身後消失之前，我固定間隔邊走邊回頭看。

似乎並沒有像是在追殺我的跟蹤者，於是決定只看前方走路。之後只要和平常一樣進行下去就好了。事件是這樣，人生亦然。

「……最近全都是些讓人傷腦筋的事啊。」

今天的過程有點不同，在路上沒能發現要跟蹤的對象，麻由子。她那麼顯眼，而我這麼注意還會看丟的可能性不高，應該只是單純還沒發現而已。

躲在容易發現麻由子，視野良好的地點等待她的出現。一邊擊退無數蚊子；一邊等待舉止怪異的美少女，在這段過程中要如何不感到無聊，真想請誰教我一下呢。真的～

如果是麻由子出了事……呃——那該怎麼辦？我該做點什麼嗎？昨天在超市看到的那個，黏在麻由子身邊，臉皮光滑得像把甜點饅頭的皮當面膜貼在臉上的青年，真想把事情都交給他然後在一旁高枕無憂啊。

……刑警遊戲，無聊。如果是小偷遊戲的話，在物質方面的意義上比較滿溢著滿足感。

嗯，這個是真的。

吸。生氣。啪。

吸太多血而變得遲鈍的蚊子被一掌打死在我的皮膚上，翅膀和肉都淪為了血液。

即使再等下去，邂逅的也只有自己的汗水。

因為事態不明，所以我決定以隨機應變的名目擅自行動。

雖然多少會有撞個正著的危險性，不過還是先往久屋小弟那裡前進，以他的證詞來把麻由子今天的活動給搞清楚。我不擅長坐著等待啊，聯絡簿上也被記載著是個坐不住的孩子，不過我覺得自己那時候其實只是單純的舉止可疑罷了。

我豎起耳朵傾聽，確認四周是否有麻由子獨特的橡膠草鞋奏出的啪噠啪噠聲響，同時向廢棄倉庫移動。若以久屋小弟的立場來說，那聲音就等於宣告惡夢再度來臨的貓鈴鐺吧。不過對我來說，那倒是讓我能稍微忍受這缺乏變化的夜景的貴重演奏。這麼說來，搞不好是本日公休？

最後，既沒遇到麻由子；也沒遇到其他妖怪一類的東西，到達了倉庫前。

往裡頭窺視，確認沒有人影之後，屈身通過鐵捲門進入裡頭。

首先正面看到的是在黑暗中的小孩。低著頭；縮著身體的姿態，在我的眼中看起來就只像個小孩。小鬼、臭小鬼。該死。被記憶淹沒。開始描圖。線條歪七扭八地重疊在一起。這是不好的徵兆。徵兆不好。所以只暗殺徵兆。退學。退社。沒結婚的離婚宣言。我討厭的東西在我的面前以一個討厭的東西的身分蹲著。

理性變成海綿蛋糕，又變成奇巧巧克力（Kit Kat），甜到溶解、腐化。

踢開腳邊橫躺著的資材，久屋小弟嚇了一跳而抬起頭。剛才是在打瞌睡吧。確認了來的人是誰以後，視線的感覺轉化了。

真不知道在他看來，麻由子和我哪一個比較不受歡迎？

「那個女孩已經來過了嗎？」

大步走去，接近到足以打斷久屋小弟鼻梁的距離之後，提出我的疑問。

當然，正值叛逆期的少年完全無視我送去的文章，只是惡狠狠地瞪我。我並不討厭這種表達自我的方式呢。只覺得礙眼而已。我站穩身體試著踏出第一步。也就是用腳尖踢向他的喉嚨。久屋小弟的後腦猛撞上柱子，口塞讓他呼吸困難，出現咳咳咳的症狀。哎呀呀，因為無法順利把氣吐出來，結果臉脹成了奇怪形狀，表情成了岩漿岩，感覺像沒能好好發揮作用的滅火器。

這樣應該多少能讓他成長為一個聽話的小孩吧。給予不足以致死的痛苦，這一招對久屋小弟應該有效才對，而且似乎也有效地發洩了我的壓力呢。真的喔。

效果果然如我所想，還處於被痛苦俘虜狀態的久屋小弟直到疼痛終止為止，都一直不情不願地搔著頭。唔，果然還沒來過啊。

是因為什麼理由翹掉了飼育的輪值呢……這種缺乏責任感的飼主要是很多的話，會讓衛生所很傷腦筋的。

沒辦法，只有今晚，就由湯女大姊姊來負責照顧久屋小弟吧。

我不是媽媽喔PART2。『媽媽～媽媽～我會負責照顧狗狗啦～！』這並不一定完全是騙你的，但是最後還是會變成媽媽負責照顧吧。

撿起隨意擺在地上的裝著麵包的袋子，從裡頭拿出兩個。這樣會不會太寵他了？連次郎都忍耐著只吃一個點心而已呢。不過說起來久屋小弟並不是狗，以對人類的標準來說應該沒關係吧？所以就決定是兩個了。

然後還有水。寶特瓶在……將手掌抵在額頭上眺望之後，想起了昨天的情景。廂由子在把瓶子裡的內容物注入久屋小弟的身體以後，就把瓶子隨手丟到一旁了。是丟到哪裡了呢？再次展開轉頭運動時突然想到——瓶子裡是空的啊。沒錯沒錯。

不是很想特地花那工夫跑個老遠去裝水（因為飼育的東西不是我的興趣），印象中在一路上也沒看到自動販賣機在路邊發出光芒。人類的身體有八成是水分，反過來說，因為有八成，所以即使斷水一天也還剩下七成吧。這麼做出結論以後，我只拿麵包走到久屋小弟面前，蹲了下來。

伸手想要取下口塞，結果久屋小弟不知道是不是已經習慣了，半無意識地自動將頭往前探，方便我將口塞取下。看他這麼聽話，我決定不吊他胃口，快快將口塞拿掉，然後把兩個麵包一起塞進他的嘴裡。哎呀呀，我是不是不喜歡叫狗「等等」之後才能吃東西啊？

「嘔嗚咳咳！」久屋小弟很明顯地為舌頭的立場感到困擾，眼球也凸了出來助長著混亂。啾咚。一顆葡萄乾牽著唾液從我的手指中滑落。

我在進行虐待行為的時候是這麼冷淡；觀賞虐待行為的時候卻打從心底當做娛樂，得到大量的愉悅。這個落差要是太過的話很危險，而我現在正擴大著這個落差。已經過去的過去正嘗試著重現過錯啊。不過因為相反過來也不是正確答案，所以我現在才這樣WRYWRYWRY啦。若把支離破碎簡單地表現出來，大概就是這個樣子。

因為被收納到喉嚨最深處，麵包得以成為久屋小弟內臟的一部分。騙你的。那麼外臟是指哪裡？不管是眼窩裡的眼球還是耳朵那個洞，最後都會連繫著人類的內容物，所以全都算是內臟。所以雖然久屋小弟呼吸困難地像是要死掉了，但這應該是他在被提供嶄新臟器的氛圍下手舞足蹈吧。我是這麼相信的！小威依（Shallwe）！啊～呃～欸先斯（essence）？

啊～「啊～」啊～我這是在做什麼啊？壞習慣又開始作祟了呢。

如果『那個』的暴走已經因為闖關成功而明確地產生，那我的愚蠢輕佻就只是剛踩在線上曖昧地不表態，平順地往發狂崩壞之泉直跳進去。雖然只是為了唸得順口而隨便組合文字，不過最後那個泉可是我很喜歡的漢字，所以才用了它。騙你的。因為我應該一個漢字都不認識才對，實際上也寫不出來，我寫過的應該只有平假名練習本吧。

不過那些都和現在沒關係，我連忙拉起身體，重複換氣，從無底的沼澤爬上來。然後——

「好一點了嗎？」我客套地向那個吞麵包吞得很辛苦的人問道。

「這要問妳這傢伙才對吧。」

看來他已經衰弱到連驚嘆號都沒辦法使用了呢。也好，這樣子對話也比較容易進行。提高音量是為了加快速度。原因大概是因為意識已經開始擴散成一粒一粒，各自在一秒內消逝。這個推理如何啊，『那個』？卡姆西爾（come here），言靈。

「其他人現在怎樣了？」他恨恨地確認最優先的基礎事項。

我什麼時候准你發問了啊？不過因為我不想把教養他變成自己的任務，所以微笑、微笑、再微笑，在第三次的時候閃躲掉了這個質問。

該說關心同伴嗎？畢竟身體會在意身體其二和頭部的狀況也很正常吧。這條蜈蚣尾巴。單品的狀態下中了毒卻什麼也不排出，淨是忍著痛苦。

你簡直就像大江茜嘛。真討厭呢，這種集團中派不上用場的東西。大概就是那種要以一個為單位，用鑷子夾到玻璃板上痛苦掙扎，才稍微看得到真正價值的那種生物吧。

「嗯，大家都很好喔。只不過，因為遊戲一直處於暫停狀態，所以差不多快要像得了狂犬病那樣，創造出口水的瀑布了吧。」

「這樣……啊……也是。可惡……」

「再來就是要大家分著把鶴里先生家冰箱裡的食物吃完吧。堆得像山一樣高卻不好好享用的話，這種食物堆積方式實在是一種褻瀆啊。」

接二連三的話語將氣氛變得痛苦，這些縫上引力的細縫；在鼓膜建築起居住地的言語們在一瞬間內外反轉露出腹部。很明顯地是黑色（註：日文中，腹黑い的意思是壞心腸）。

滿是遺憾、不甘心、悔恨的久屋小弟吐出消化不良的言語：

「我的，鶴里的右手呢？」「啊啊，別擔心，它哪裡也沒去啦。」

不過其他人的在埋葬有香小妹妹的時候順便一起埋掉了。還有，小今小弟還向我報告，發現了應該是某人挖洞埋掉的鶴里先生的頭。

「嗄？聽不懂你在說什麼。」

「說話總是淺顯易懂的話，感覺像是缺乏表現力，這樣不是很討人厭嗎？」

變成那樣的話，我就得絞盡腦汁使用規規矩矩的說話方式，很累耶。啊～真憧憬呢。

「好啦～我要走了。」

「已經要走了？妳只是來欺負——」用口塞制止了他。

「要是那個女孩來了就麻煩了。幽會的時間還是短一點為妙。」

而且，我的工作已經結束了。這麼一來，剩下的就交給明天吧。

八月十七日是夏日祭典，是家族日，所以我要缺席了。

沙沙沙，踏著許多東西走著，途中，好像是踩到了什麼尖銳的東西，噗啾一聲貫穿草鞋刺到了腳的皮膚。草鞋被血染得濕滑，肌膚也變得平滑。

唉～七十七秒的幸福不是應該很吉利嗎～真是的～！

不是傷害別人來搶奪幸福那種等級；而是傷害別人就能得到幸福的場合，敗筆就是因為上進心變成了一種阻礙吧。目標得高分而努力的話，就會漂亮地變成社會公敵No.1。

雖說也可以去尋找別的幸福，但是，要去改變自己的幸福，遠比那樣子更令我害怕。

啊～因為開關切換得太頻繁；電費增加太多，名為正常的代用品終於取回了對我的主導權。

嗯～喔～耶～語言功能復活……真過分呢。

妳在幹嘛啊——各個部位的抱怨如雪片般飛來，而我都缺乏誠意地加以漠視。

不可以因為和久屋小弟接觸過，就期待將來會產生合理的理由啊。

或許，我該不會只是被興趣，還是該說是正宗派的性格所驅使吧？

所以，我要將要不要相信接下來這五行句子，發包給名為「請各位自行判斷」的工程。

解決這個事件的鑰匙，握在久屋小弟手中。

沒錯，他就是位在一個這麼美好，適合這樣表達的位置。

本人既沒有這麼期望；也沒注意到，在他不知不覺間。

……而他手中這把鑰匙，相當銳利。

若是在眾目睽睽之下握住，就連自己也會被割傷，就是那一類的東西。

然後，翌日。八月十七日來臨。

命運線只在今天垂下墨汁變得粗大……這只是預定。是從誰那裡聽來的呢？

我在過了早上以後才開始的時間帶，熟門熟路地侵入了鶴里先生的家。坐在裡頭的是野並繪梨奈，她還是老樣子，蹲在地板上埋首於畫畫。

我巡視鶴里先生的藏書，發現了幾本舊漫畫，便這麼翻呀翻地讓裡面的塵埃飛舞起來，消磨一下時間。漫畫裡的漢字旁邊都有標示唸法，真令人開心。當初自主性地學習假名符號的唸法，果然是正確的決定。

「……………………………………」沉默。只有麥克筆在地板上畫過的嘰嘰聲響；還有翻頁的聲音。沉默。以下繼續重複，偶爾再傾聽一下時鐘的秒針痙攣的聲音。

因為同一本漫畫已經看了六遍，也差不多膩了，於是把書擺回架上，整理一下。

然後呢喃：「真慢啊。」昨天傍晚的預測開始掠過我的腦海。

現在的時刻，若以量角器來舉例，太陽已經在七十度以上的位置，帶給這個城市白晝。但是仍然沒看見小今小弟的身影。

「好慢啊，不能去叫小今小弟過來嗎？例如打個電話一類的？」

「啊。」

忘記了——她瞪得大圓的眼睛向我這麼報告。但是這還是和我提出的問題無緣。

「偶都給忘嚕。」

「忘了什麼？」

「欸～妳是在等他吧？等利基來，大家到齊。」

「是啊。」

「利基已經不會來皺裡漏。」

「嗯哼？」真意外，我也能發出這麼狐媚的聲音呢。

「因為，他今天從一開始就在這裡了。」

我不需要證據，就能確信自己的預感成真了。寒毛直立。背負著幽暗的艾莉娜小妹妹靦腆了起來，簡直就像是在宣言——誰說座敷童子（註：日本傳說中待在人的家中，類似守護靈一類的存在）人畜無害？

「他在哪裡？」

「在浴室。」

我沒有回應就直接起身，艾莉娜小妹妹也中斷繪畫，跟在我的身後。加入成為冒險同伴是無所謂啦，可是妳的職業是什麼啊？女高中生？新鮮活跳跳的辣妹？殺人魔？不管是哪一個看起來都不像能使用咒文的樣子呢。話說最後一個是不是該歸類在怪物啊？哎呀，思考一些無關緊要的事來確保冷靜的退路也真是辛苦呢。

因為格局和我住的那一間相同，所以毫不費力地就找到了浴室。

「……………………………………」今池利基的「今」的部位滾在地上。

在浴室裡用耳朵吸附著排水孔，小今小弟的人頭在…在…在做什麼呢？總覺得文章的後續還寫得下去，所以句點就稍後再寫……我知道了，是在避暑吧！是不是正在灑水呢？

不知道是不是頭部的血液流了出來，浴室的瓷磚有一部分開了紅黑色的彼岸花圖案。從花朵沒有一叢叢盛開來看，這裡似乎不是斬首的地點。

不管怎樣，這個事件是不是大致上可以算結束了呢？對我個人來說，比較希望留下來的是小今小弟，不過不可能什麼事都如我所願啊。

回過頭。還好不用後悔一時大意把背後交給了這孩子，我撫向胸口鬆了口氣。

嗯～摸起來真是平滑。連我自己都想毆打自己了。

「是妳殺的？」真是個蠢問題。自己不是說過，最後留下來的就是犯人嗎？

「是豆。」

只剩下一個人，沒有辯解也沒有謊言就點頭了。進展很快真令人開心。

「有香小妹妹也是？」

「是豆。」

「然後我也是？」

「是豆。」

「回答和質問都超前一檔了，這樣子就洩漏劇情了啊。」

「啊。」失言了——她弓身小身（這是哪門子說法啊）用手遮住嘴巴。

「請妳幫偶保密。」我該向誰保密啊——這是當事人的想法。

「這先不談，殺害小今小弟的現場是哪裡？他的身體呢？」

「啊？皺怎謀口以讓妳知……啊，推理遊戲已經——」「我都知道了，妳就帶我去吧。」

「好是好啦，嗯？嗯嗯？可是歐、歐歐歐歐～」我推著她的背後出了浴室。

連鞋都沒穿就出了玄關，拿艾莉娜小妹妹來遮陽，走到了外頭。

實在不想和這孩子兩人在密室獨處。要那樣的話，不如和次郎一起關在狗屋比較有意義。即使是在這個烈日昂首闊步的酷暑，我也有自信可以樂在其中。

「走天，利基低頭看皺埋葬有香豆地方，那是傍晚豆時候，偶想說剛剛好，叟以就往他『唰啪』下去。」

她一邊移動；一邊匆促地向我說明殺害時刻等細節。不過話說回來，這孩子為什麼不靠自己的雙腿移動，非得惰性地讓我在後面推著她走呢？

「妳殺害有香小妹妹和小今小弟的理由是？」雖然我已經大致想到就是了。

「啊，那購是因為要ＲＥＳＥＴ。」

「瑞謝特（reset）……」我想也是。

抵達殺人現場，埋葬了有香小妹妹的，公寓的庭院。

四下無人。因為是惡評如潮的公寓，所以幾乎看不到附近的小孩在這一帶亂晃呢。

「妳把小今小弟的身體埋在這裡？」我低頭看向被挖過好幾次，亂七八糟的地面。

「是豆。因為有香和利基都是朋友，叟以把他們埋斗愈近愈好。皺是偶任性豆希望。」

簡單地說，就是有香小妹妹和小今小弟被一起丟在土坑裡。

不過這總比被丟在水槽裡供人觀賞來得好就是了。

「那麼，關於那個瑞謝特（reset）什麼的，我想再和妳談談。」

對我來說，要解決這個事件，需要那個情報。

艾莉娜小妹妹的表情不知所措，不太想開口的樣子，但最後還是困惑地讓話語擴散開來：

「ＲＥＳＥＴ，不是讓一切歸零，因為還有偶在，叟以，唔……雖然利基他們失敗了，但是偶們也還是朋友，以後也還是一直都是朋友，真豆，因為偶想珍惜皺夠關係，叟以就更不想要它被玷汙……」

「……………………」

啊～這節奏真令人不耐煩。等忍耐著聽到最後以後，再由我來編輯整理一下吧。

觀察海蛞蝓以及對同類缺乏成長所感到的焦躁，這樣的時間暫時持續中……

「……大概，就是鰍夠樣子。」

「……………………………………結束了？」

「是豆。啊，不過好像還有……」「請妳全部想出來再繼續說下去。」「嗯……」

接下來，我用想像力創造的虛構超敏捷運作版艾莉娜小妹妹登場。

現在就請這位虛擬繪梨奈，來代替正牌艾莉娜小妹妹發表她的意見：

「遊戲很明顯在初期就已經失敗嚕。就是白太明明不在，遊戲卻開始嚕豆那購時間點。還有就是讓一購怪人……不，該收是沒看構的人——加入遊戲。利基為叔謀口以接受揑？啊，偶不是對妳有叔謀……該怎謀收揑，不是討厭妳啦。只是，鰍是給偶們四購人玩豆遊戲……等白太一下不就好嚕嗎？不，偶有等噢。偶為嚕儘量不參加遊戲，叟以都不太收話。」

這已經是整理過了喔，請各位體察原文究竟有多麼冗長。

「口是，白太一直沒回來，而且感覺又好像會變斗沒完沒了，叟以，偶不想再看遊戲繼續失敗下去。但是，卻沒有任猴人要去按下RESET鈕，偶無法原諒鰍件事。」

此時，她整理一下呼吸，舌頭沾著唾液攪動潤了潤口腔。

接下來這一句話，是正牌貨也如此斷言：

「偶不想讓朋友豆價值再繼續降低下去嚕。」

看來，這就是艾莉娜小妹妹最大的動機。

再來，從現在開始，因為正常版艾莉娜小妹妹已經把要說的話整理好了，就請她繼續吧。至於虛擬小妹妹，唔，會被怎麼處理呢？

「叔謀叔謀小姐現在住豆那一間公寓，之前住在那裡豆是一購叫奏枇杷島豆人，她在半年前殺嚕人歐。」

「這我知道。」

「然後，那一家就搬走嚕……叟以偶就想——要是白太、利基、有香死掉豆話，他們豆家人是不是也會搬走？鈹樣豆話，是不是就會再有別人搬來變成偶豆朋友？」

這個交換過程還真是殺伐啊。不過，這就像玩撲克牌也會把手上的牌拋棄那樣吧。

「找學校的朋友不就好了嗎？」

「學校，不是交朋友豆地方。啊，鈹是對我而言啦。如狗是像利基和有香那樣有掌嘔到要領豆人，就交斗到朋友就是嚕。而像白太和偶鈹種人，就只在鈹棟公寓才有朋友。鈹裡，是口以斗到朋友豆地方；巢穴……？就是像那樣豆地方；一定是。」

艾莉娜小妹妹呼呼地持續搖頭的工程，陳述著自己的公寓觀。

原來如此。

她的世界，一定是長得像蜂巢那樣吧。

「我可以改變一下話題，問妳一件事嗎？」

「咦？偶怎謀覺斗妳從剛才就已經問簍很兜問題……好吧，請問吧。口以不要瞪偶嗎？」

「只要埋小今小弟的身體，可是妳挖的範圍還挺大的嘛？」

「啊，那是因為血噴簍很兜出來，叟以皺樣子來掩飾。還有就是因為碎肉也飛斗到處都是，打掃起來很麻煩，叟以就乾脆……吧？」

「哦。」真慘。不管什麼部分和整個行動都是。原來如此。小燈泡一亮。自家發電。

這個靈機一閃，應該真的派不上什麼用場吧。

「不購，努力一下以後，雖然花樓很兜時間，口是還是切但嚕。」

「……這樣啊，妳好努力，要給妳獎勵嗎？」

「唰唰～」她兩手掌心向上，攤平伸了出來。咦，她要實質的獎勵嗎？這可傷腦筋了，我不是那種能夠嗡地一聲從嘴裡吐出收據的人類，沒辦法變出獎狀啊。而且，我一張獎狀也沒拿過。小學一年級的時候，我得的是相反全勤獎啊。

「……摸摸。」越過她的雙手，撫摸她的頭。「呼啊～」似乎意外地備受好評呢。

暫時安撫她；同時思考對策，想膩了之後把手抽回來：

「那，妳打算什麼時候殺我？」

要是能事先知道日期，應付起來也會比較輕鬆吧？

提出問題的是個怪人；而為這問題煩惱的人，腦漿則更是像水果雜燴呢。

「咦？那就，現在？」這個疑問型，會是我的救贖還是頭痛的根源呢？

我很弱，是脆弱的生物；弱到若非出其不意便打不倒對手。

所以我要努力找出不必戰鬥的生路。不夠聰明在這種時候還真是悲哀。

不過，我可是充分具備了面對這種場合的信念。

如果眼前有一道爬不過去的牆，那麼，繞路找尋別的入口就好了。

你有沒有玩過勇者鬥惡龍呢？

啪！我將手掌對著艾莉娜小妹妹推出，藉由這個動作命令她暫時停止行動。好啦，來進行和惡魔的交涉吧。

「妳要不要再好好想想，要是現在殺了我，事情會變成怎樣？」

「唔耶？」

「呵呵呵，妳似乎忘了一件很重要的事呢。」呃～是什麼呢？要是有的話就好了。

「重要豆事？」眼球流暢地旋轉。可惡，轉得真快，這一招能成功地拖延時間嗎？

「呵……怎麼會把這麼重要的事情忘得這麼乾淨呢？」

「耶嗚，對不起。」得到道歉了。雖然和主旨或什麼都無關，但是心情真好。

好是好啦，不過該怎麼辦？我該怎麼辦？我現在必須用以秒為單位的上班族模式來行動啊。

就算向茜求援，八成也只會落得大江家一行人全滅的命運……啊，茜。我想到了！

清了清喉嚨；用手掌覆蓋自己的臉；調整眉毛的形狀，試著變嚴肅。然後進行威脅。

「妳忘記的事就是，妳要是在這裡殺了我，妳借我的電玩遊戲就別想拿回來了！」

Ｍｅｇｙａｎ——！（右耳進左耳出的效果音。）

……這…這真的行得通嗎？不儲存生命進度的三次元世界居民，果真能理解在有聲小說裡面臨選項分歧要做抉擇時的苦惱與決心嗎？好像不太可能。

不妙啊，大江湯女。說到主角，大抵都會因為選錯一個選項就簡單地死翹翹啊。只為了擴展內容的廣度而將生命延展到如此稀薄，真是叫人情何以堪。嗯，就算真的不想這樣，但現實人生並不是遊戲啊。應該；恐怕，不，一定是這樣。

背後冒出不知道是冷汗還是標準的汗；雞皮疙瘩也一粒一粒冒出來。將時間流逝變得遲滯的蟬鳴聲包覆了這個空間，艾莉娜小妹妹扭曲的雙瞳，會丟出什麼樣的裁罰呢？

「妳…妳打算借摟不還嗎？」

出乎意料之外，似乎挺管用的。本以為她歪著頭丟出一句「嗄？」就是最嚴重的反應了，我不禁露出微笑：

「這個嘛，既然妳要採取這種強攻策略，我也無可奈何地只能出這一招囉。」

哪可能啊？人死了以後哪有辦法再做什麼？

然而不知道為什麼，搞不清楚究竟是哪一方的問號氣球瀕臨破裂邊緣，這一招似乎對艾莉娜小妹妹奏效了。

「妳好像很煩惱呢？」

「因為偶豆零用錢很少，沒辦法重新買。」

「歐歐，原來如楚。」

雖然很想吐槽，但是這個權利必須附加上自己的一條小命，所以自律。啊啊，壓力真大。

「請問，叔謀時候會玩完？」

「嗯？妳是指電玩遊戲嗎？」

「是豆。」

「還妳之後妳就會殺我？」「是豆。」那就不～還～啦～這可不妙。無法預測這孩子什麼時候會悟出「殺了以後再拿回來就好」。這還真是低次元的爾虞我詐。

「嗯～那孩子是個連家事也不幫忙的純正尼特族，這個嘛，到明天的話應該差不多吧？她昨天也宣稱『太陽是黃色的』，整晚都沉溺於遊行中呢。」

為什麼不至少向對手取得一星期後再還的承諾，爭取比較有餘力的日期？我在舌頭擅自滑動的同時，以現在進行式後悔著。

「唔姆唔姆。」艾莉娜小妹妹嘟起雙唇，點了幾個頭：

「那就明天，唔～再殺妳。」

「嗯，就決定這樣了。」交涉成功。以後也請多多不要來了！

「那，明天見～」

「明天見～」

掰～掰掰～（註：ばッははーい，1966～1970年日本電視台的節目「カエルのぼうけん（青蛙的冒險）」中，主角青蛙玩偶的台詞，後來《二十世紀少年》「朋友」也有使用）在家門前揮手道別。

……………………看她走進家門。確實回去了吧？我把耳朵貼上門板，確認聽到脫下鞋子的聲音、往家裡深處走去的腳步聲以後——「呼————……」

憋了很久的那一口氣一起排了出來。心臟明明跳得很沒力，脖子的肌肉卻不停抽動。

「剛剛還在想，要是她說『明天就是現在！』的話該怎麼辦呢。」

一切都在計畫之中！生命……意外地，即使路面狀況不佳也還是能前進呢。為什麼要重視社交性的理由，我現在可真是徹底的理解了。

不過話說回來，危機狀態還是像七分褲。不，該說是全身工作服才對。

雖然免於在現場被殺害，但也只是把身分變成死囚而已。

明天，心臟就會被艾莉娜小妹妹的手指侵入、折彎、破損，生命被定下期限了。藉由修行得到勝過她的力量……我身上哪裡找得出能走這種王道路線的時間、資質和作風呢？就算去那個裡面的一年等於外面的一天的房間（註：出自《七龍珠》），耗盡一生也辦不到吧。唔～傷腦筋。

冷靜回想一下，還活著的登場人物只剩一半了，遭遇艾莉娜小妹妹的機會大幅增加也是理所當然的吧。

為茜聘請家教，茜和家教私奔，然後我去找她——不能用這種發展來打發剩下的頁數嗎？

看來我也差不多要退場了……現在死掉的話不是悲劇，而是喜劇吧。

「好熱啊……」毫不顧慮正如此煩惱的頭部；作為身體代表的嘴抱怨了起來。而勞動中的頭腦也搭上這班順風車開始要求冷氣待遇。別得寸進尺了——包含思考中的事，一併撲殺。

作為妥協，先回到家中。得準備茜的浴衣才行。

因為並沒有那種明天會被殺，所以今天的約定就不用管了的道理。

嗯，真的。這樣感覺很笨吧。

省略敲門，直接打開沒上鎖的玄關大門。已知道犯人是誰，就沒必要玩秘密基地遊戲了。

「妳回來啦～」茜上身趴在桌上打著電動，漫不精心地打招呼。

「我回來了。」

隨便回應一下之後便快步走進房間更裡頭，然後輕輕地自由落體（dive）。

在棉被上倒成大字型。不愧是煎餅棉被，毫無吸收衝擊的餘地。肩胛骨好痛。

被拋在身後僅有一步之遙的熱氣降下；蓋在我身上，但是我一點也不想理會。

閉上眼睛。這麼做之後玄關消失了。空氣消失了。蘿蔔消失了。草鞋消失了。雞蛋消失了。電風扇消失了。紅色消失了。藍色消失了。很多東西都消失了。塞住耳朵。然後蟬消失了。工程消失了。汽車消失了。血流消失了。脈搏消失了。飛機消失了。社區的傳閱板消失了。小孩子們消失了。攪動大腦。藉此，右手消失了。脖子消失了。右腳消失了。脊椎消失了。佐內利香成分消失了。平針須見消失了。今池利基消失了。野並繪梨奈消失了。快被我忘記了的吹上有香消失了。鶴里新吾消失了。大江茜消失了。

在失去了這麼多東西之後，好不容易讓夏天那不明所以的質感消失了。

最後，我被沉眠所呼喚，讓它把我的意識給帶走。

一個都不留（註：出自阿嘉莎．克莉絲蒂作品的書名）。

是不是差不多該結束了呢？不不不，我的話只有一半可信度，請別太在意。

在這裡，先來回顧整理一下這次的事件吧。

首先是八月十二日的深夜，以住在殺人公寓最右端的鶴里先生遭到殺害做為事件——或者該說是預定為遊戲啟動的開端。

是誰所殺，現在還不明瞭……所以現在暫且擱置。但老實說，我心裡已經大概有底了……不過因為我不是偵探，所以沒有解開謎題的義務呢。保留。

殺害鶴里先生的，是住在同棟公寓的四名少年少女其中之一。他們從年幼的時候便一直夢想著，在被限制於那個矮小身軀的世界裡進行猜犯人遊戲。具體上沒有決定舉辦日期，他們就只是每天期待著其中的誰下定決心接下犯人的角色。

只不過，因為這個計畫的鍊成失敗（註：出自《鋼之鍊金術士》），有香小妹妹和小今小弟什麼都還沒滿足到就去另一個世界報到就是了。

而他們四人的雄心壯志，終於要在這個夏天得以成就。第一個發現了鶴里先生無頭屍體的久屋白太，興沖沖地把附屬於胴體的右手切斷。

接著真的是純屬偶然地，在公寓前遭遇了徘徊中的麻由子。這是一直跟蹤著她的我以肉眼親自確認，所以絕不會錯。久屋小弟雖然在突發狀況下將鶴里先生的右手藏在自己身上，但是麻由子彷彿完全沒把那看在眼中，只是接近並毆打久屋小弟。為了隱匿右手而遲了一步應對，久屋小弟因此被強制使用無防禦戰法，但也沒能發揮其真諦就已經被麻由子扁得七葷八素了呢。在丟棄包裝紙或紙袋的時候，習慣會將其超出必要地揉成一團之後再丟棄，而她的暴力，就是落在這種日常生活的等級。在直到達成目標為止，中途不斷重複動作的期間，完全沒有插手餘地——這模樣不禁讓我想起了菜種呢。不，說起來，菜種平常也不是會做那種獵奇家事的人。算了，這些都無關緊要，總之我都不欣賞就是了。

只要通過了偶然，那就只會是必然。那一晚，麻由子只是很偶然地將搜索的足跡延伸到那棟公寓一帶，然後就碰巧遇上了殺人事件發生，並且在久屋小弟打算返回自宅的那段短短的時間內和他撞個正著……麻由子是不是對惡意很敏感呢？還是說，互相吸引？

若是回顧麻由子至今為止一路走來的移動軌跡，簡直就像是在使用唯有她才擁有的惡意偵測雷達呢。光是以命運兩個字根本不足以解釋這一切，她總是以一己之力一頭栽進去，成為許多人頭痛的根源。

還是說，是因為周圍的人都認為麻由子就是「這樣的孩子」，而這個想法感染了她，形成了她的人格並使其行動呢……因為我也是個「不是自己的人類」，所以實在很難否定這種可能性。不過還是算了，思考這種事只會讓自己在死胡同裡不停轉圈，所以請讓我在此將其永遠中斷。畢竟我不是偵探嘛。

話雖如此，但因為是順便為之，所以麻由子行動的考察，還是由在下這個不才大江湯女來執行。她之所以酷愛綁架與監禁的理由是什麼？因為無法直接與她本人訪談，所以只能憶測。若是能為諸位略盡打發時間用途的綿薄之力，那就是萬幸了。嗯，利亞力（really）。

麻由子為什麼要綁架久屋小弟呢？這原因恐怕與久屋小弟個人無關，只要滿足特定條件，不管是我還是茜，都有可能成為她的目標吧。

我想，麻由子多半是在無意識的情況下，選定相形之下比較容易綁架的目標。若是能再多觀察兩、三件麻由子的綁架事件，或許就能夠讓我這個假設更加穩固，但是很遺憾地，現代社會並無法讓我們如此任性妄為。因為久屋小弟在深夜一個人獨自徘徊，所以很容易綁架——原因大概就只是這樣而已吧。啊啊，至於之所以實行綁架行為本身的理由，這件事就請容我留待在更後面再揭曉。

不過這說到底都只是我個人的推測，想要正確答案的人，請直接向她本人徵詢。作為代價，可能要支付壽命。嗯，這不太是騙你的。

回到主題——想這麼做的話，首先得先找到主題才行呢……咳咳，嗯哼。

關於綁架對象，可能還有別的要素也說不定，例如身分或關係一類的。如果是離家出走的少年，就算在城市中突然消失，也不至於引起太大的騷動。

搞不好，麻由子雖然看起來極度地粗神經，但其實卻對他人心中的感情十分機敏。只是，從她活用這個能力的方向一直線遠眺過去，一個人類也看不到就是了。

死命抱著已經壓箱底壓到爛掉了的寶物，繼續掙扎到底的人生。即使帶著腐臭味的液體已經從雙手的縫隙間滴落，仍然將其抱得老緊藉此生存。

『那個』最愛用的「說謊」，是否只有我覺得可行呢？算了……沒那個閒工夫思考答案是否正確，不能在個人身上花太多時間。下一個。

接著要說的是，麻由子的綁架行為。

麻由子在綁架久屋小弟前，總是不分晝夜地在街道徘徊，搜索著什麼。而她找的恐怕就是我媽媽提過的「阿道」吧——能讓她螺絲鬆掉的淒慘大腦繼續播映，產生幸福記憶的東西。東西？還是人？唔，因為本少爺（註：出自小林善紀《烏龍少爺》的自稱ぽっくん）不是當事人，所以一點頭緒也沒有。或許是有個只要帶著就能招來幸福的人像（信徒限定特價八十七萬圓）就叫做「阿道」也不一定。算了，不要太追究本質的話，應該有相當高的可能性是人類吧。我和『那個』不一樣，還懂得察言觀色，為了不遭遇危險或討厭的事，總是仔細確認前方然後向左向右轉，不過也因為這個關係，不管花多少時間都到不了眼前那個樂園就是了。

回～到～主～題♪接下來～呃～……因為我是個大近視，所以看不見地上掉落的麵包屑（註：出自格林童話的《糖果屋》）呢。沒辦法，這下子只好用手摸索尋找主題在哪裡了，請大家等我一下吧……喔，找到了。

沒錯，「阿道」，麻由子的根源。這是因為麻由子有個傾向，她將與「阿道」遭遇之前的過去都拋棄了。也就是說，將自己的存在交到了別人手中。

我也不是要說這件事有什麼不對，只不過，面對這個強詞奪理硬是撒嬌要求不存在的東西的小孩，沒有任何一個大人來負責才是最大的問題呢。不過這也無所謂啦。

而麻由子推敲、做出的結論，就是綁架行為是召喚出那個「阿道」或什麼的儀式。要我這個邏輯井井有條的人來說明這種完全是另一個世界的思考模式實在太困難了，但我會愈挫愈勇；再接再厲的。所以請寄送給湯女老師加油打氣的訊息！收件地址是我的大腦所以是居所不定，就請各位用電波傳送過來吧。但是，如果來的是電流那就敬謝不敏，還請傳送微弱一點的過來。

離題太多了。也差不多該停止這種像漫畫的迷你四驅車般的思考了，讓我們像真正的迷你四驅車那樣子，要是沒有賽道就一直線前進吧。強烈反省。接下來就要進入惡魔召喚儀式的話題了。那就是，麻由子把久屋小弟當作祭品綁在倉庫裡，然後終止了徘徊行動。

這個理由，應該是她走上了重現過去狀況的這條路線。彷彿背景飄過許多閃亮的星星；瞳孔中閃耀著看見夢寐以求的玩具時的光輝，依照我媽媽在這個狀態下說過的內容——麻由子和『那個』一樣，都被捲入了監禁事件。雖然不清楚那個事件的細節，不過在那件事發生的時候，她和那個「阿道」不知道發生了些什麼，然後麻由子失去了這些東西吧。

阿道。幸福的證明。生存的意義。最早的記憶。

麻由子狹窄的世界現在開了個洞，而她正努力地想要把洞補起來。

也就是，把中間的過程全都棄之不顧，只引用結論。

只要把自己置於和綁架的情況接近（但不是當事人）的位置，「阿道」就會以登場人物的形式出現吧？我總覺得這似乎就是麻由子的動機。

嗯～DCMC（註：電玩遊戲「MOTHER 3」中的樂團）（dangerous crazy mad cheap）。就連理性破碎之後的碎片，都被掃把掃得一乾二淨了呢。

而理性本身產生了惡性病變的『那個』和我，則是另一種的○○○○。哎呀，我的舌頭好像撞牆了。不過，我想傳達的東西應該已經傳達到了吧，所以無所謂。那麼，關於麻由子的綁架動機的討論就到此結束。

好像也差不多該回到劇情主線的大江少女之事件簿了呢？

八月十二日的深夜，對久屋小弟加以安撫、安慰、威脅（比例大約是１：１：８）之後，打聽出他為什麼會拿著別人的右手，雖非出於本意，但還是決定干涉。翌日，我帶著在八月十三日借來的右手，前往鶴里先生的房間，然後在那裡與友人邂逅……別離……連像這樣堆積感傷的時間都沒有，對遊戲的初期設定感到不滿的那孩子就著手按下了重新開機鈕。

要舉例的話，就像那個ＤＲＡ什麼的（不是中日龍隊也不是未來的什麼Ａ夢），在診斷出理想的性格之前不斷按鈕重來（註：勇者鬥惡龍Ⅲ）。或者是像那個武士什麼的一直前往鍛冶屋，為了進行軟體重置作業而搞得屍橫遍野（註：侍道２）。更或者是在那個藉由將球丟到生物身上來束縛其行動自由的遊戲中，為了捕獲個體值高的稀少生物而不斷重來（註：神奇寶貝）。雖然我也知道舉的例子很偏門，不過至少還是遵守了全都屬於遊戲分野的原則喔。

話說回來，和茜在一起的這段時間內，我也變得很了解電玩了呢。雖然覺得腦漿好像快要坐吃山空了，不過還是先中斷這個離題狀態吧，畢竟還有非解決不可的事情等著我呢。

首先是八月十五日，吹上有香遭到殺害。她的身體被做成失敗的球型關節人偶，慘不忍睹。屍體已經掩埋，應該還得在那沒有墓碑的泥土下就這樣埋上幾天吧。要給予憐憫、嘆息，或者是悲哀，都先等之後再說。

八月十六日在相較之下比較平靜，是餵食日。我代替睡過頭翹掉輪值的麻由子，餵食了久屋小弟；然後也餵食了次郎；還有被不良刑警餵食；最後也差點被艾莉娜小妹妹給餵食了。嗯，真的是千鈞一髮呢。

要是就那樣接受邀請進入她家，加上她的母親外出打零工的家庭狀況，我的頭可能會比小今小弟早一步飛上半空也說不定。

然後是今天，八月十七日，今池利基成為一具被斬首的屍體，猜犯人遊戲的難易度降到了史上最低。而犯人野並繪梨奈殺人的理由則是「瑞謝特（reset）」。並非押下主機的按鈕，而是直接將卡匣打爛的暴行。而這個待遇也可能即將降臨在我的身上。明明如此卻仍然感覺不到一絲緊迫感的原因，就請各位將它當作是詐欺師的宿命吧。

整個事件即將崩毀，同一棟公寓的孩子消失了三個人，只剩下野並繪梨奈。大人們著手聽取艾莉娜小妹妹說明的那一天想必不遠了，110的電話號碼應該也已經蓄勢待發了吧。

她所追求的瑞謝特（reset）不會完成。

雖然按下了重來鈕，但是手指卻一直按在上面離不開，所以怎麼也完成不了這個程序。

那麼，把現狀簡短地整理一下吧。

鶴里新吾的屍體，已經不再具有除了犯罪之外的意義。

野並繪梨奈對我來說是個災厄。

久屋白太的處置也很傷腦筋。

繳了下個月的房租，存款見底了。

所謂八面受敵就是指這麼一回事吧。

真是傷腦筋啊。出來跑的總是要還，但是已經沒東西可以還了。

……但是，各位。日本人是這樣說的——

謊話連篇叫做「噓八百（うそはっぴゃく）」。

既然有八百，所以就算被八面封鎖，應該也還是有點搞頭吧。

「那麼……」

我踩在腳下藏了很久的種子，也該是時候還它自由了吧。

「你打算這樣躺到什麼時候呀？」

我一路引導來的故事，要在這裡告一段落了。

你還不打算接回「主角」的角色嗎？

過去以數十倍的速度被陳述著，在現實的這間病房集結。接下來就交給『他』了。

哎呀，失禮失禮，搞錯一個字，把『他（かれ）』叫成『那個（あれ）』了呢。不過這只是讓他在五十音爬高一階的無心之過罷了。騙你騙很大。

「嗯～……躺到妳來陪睡為止吧。那樣我就會跳下床，順便一腳踹飛妳。」

「哎呀，真過分，你把我當成替身（stand）使用還不夠，現在甚至還要用我當鬧鐘？你對女性同胞來說真是一隻害蟲呢。」

「結果我還是變成蟲了嗎……不過這次真是讓我佩服啊，妳實在太好用了。」

「哦，真棒的讚美。這一招管用的話，那個女性的腦袋應該很有問題吧。」

「哦──意思是妳不是腦袋空空嗎？」

「那可不，我當然是腦袋有問題囉，所以你自然也不在話下。」

「不必髒了妳的手，早就是千瘡百孔啦。」

完全不想和我有所接觸，表情就像有機體的瑕疵品般活像條死魚，不停編織著虛假的言語。下半身先不提，看來舌頭是完全不需要復健呢。

「那麼，你打算要哭到什麼時候呢？」因為再這樣下去實在是沒完沒了，繼續揶揄他下去也沒有價值，所以作罷。

「啊啊，這個嗎……好像是因為眼球不眠不休地努力過度，結果現在甚至做起了沒有人提出要求的工作。因為意識的堤防被暫時卸除，這似乎是潰堤留下的後遺症。」

他也不擦去眼淚，就這麼放任不管，只是眼睛有時會像發癢似地瞇細。這是主成分將心排除的；眼淚的仿製品。

不過這不分真假，味道都是一樣的喔。因為我試過了，所以不會錯的。他的眼淚究竟是沒有味道；還是有鹹味，任憑各位自行想像就是了。

「從這裡開始，你打算以你的解決之道來行動？」

「算是吧。我就是為了接收事件結束這種甜美的果實而休養生息，等待機會。而且我現在正好剛完成大復活，總覺得自己的狀態像是處於無敵模式，應該沒問題啦。」

我的嘴唇蠢蠢欲動想要吐槽——這句沒問題，看來並沒有包含你的言行舉止。然後他緩緩地在病床上坐起身，終於擦去眼淚，抓癢似地搔搔臉頰。

因為一直躺著而被修正成視線向上的眼球，此時終於降了下來。

「開場的準備，妳似乎都已經幫我做好了。」

「我只是依你的指示去做而已。我可是犧牲奉獻派的呢。」專指耍猴戲和小心機的部分。

他似乎很在意似地玩著變長的頭髮，然後擅自切斷了這個話題。

「……因為出現了幾個熟悉的名字，很容易就能理解這世界觀還在持續著。」

「一點也沒錯。就在你呼呼大睡的這段期間，有許多人當上了主角；或是下了舞台，而這些人之中，一定有你熟悉的面孔。」我沒有再透露更多。

因為他早已想出要怎麼解決這一起事件。

那是即使是我也辦得到的，只不過是小學一年級減法的計畫。

「啊啊，那樣，還真不錯呢……在我的世界裡的人很有精神，真好……」

呢喃帶著囈語。他的雙肩存在感稀薄，彷彿夢世界的居民出了什麼錯而流落到現實世界。

他剩餘的生命感覺少到就像廟會的彩色小雞，但我還是很乾脆地拋下了他。

取而代之，將別人的「援手」交給他。連同歸還的責任也是。

「拿去吧，這就是你要的鶴里漢斗（hand）。」

我把乍看下像是包了巨大羊羹；還飄著腥臭的一捆布包遞給他。

「啊啊，這就是傳說中……居家必備的鶴里零件嗎？」

「它比孫子的手更能指引方向。幫忙到此為止，我今天還得帶妹妹去晚上的祭典呢。」

「妹妹……是指哪一個？」

「哎呀，你流出體外的不只淚水嗎？難怪從剛才就覺得在病房走動時聽到噗啾噗啾聲。」

「不是啦，只是從性格方面來思考的話，總覺得這像是會和桃花做的約定……所以才想說妳是不是要帶她的遺物出門什麼的。」

「……唔嗯。」殘存的腦漿也不容小覷呢。

的確有過這樣的約定呢。那是在桃花六歲，還叫我「姊姊」的那個時期。

她任性地說『我想去廟會』。記得是菜種提到『今天外頭好像有廟會，好懷念呢，太太還是高中生的時候，我們一起去過。然後記得，呃～老爺向太太搭訕——』雖然說到這裡就被爸爸怒吼制止，但這已經像火種似地引燃了桃花的好奇心。大人們為此可是大大地傷透了腦筋。

媽媽做出提議——那不然，我們就在家裡放煙火好了。跟著附和『啊，也對，我喜歡高空煙火』的人是菜種；而提出抗議『要是房子著火了怎麼辦』的人則是爸爸。積極過頭和天然呆的兩人；搭配以積弱不振的氣勢加以吐槽的一人，真是個不錯的三重唱。雖然是丈夫卻完全被屏除在事件之外的潔先生則是結結巴巴地表示『那個；那個，玩火不太好喔，桃花小姐。』不過桃花其實是他的女兒啦。

貴弘因為沒有接到要他對此展露興趣的命令，所以漠不關心，照媽媽平常吩咐的晚上九點就鑽進棉被裡睡覺去了。那麼缺乏生活情趣，二十四小時對他來說應該是格外地漫長吧？

一邊騷動起來；另一邊努力說服（爸爸幾乎沒出場機會），最後還是打消了念頭。

煙火的片段偶爾會造訪我房間的窗戶，我總是伸長脖子加以窺視。

而從媽媽房間的窗戶似乎有希望逃出那間宅第，所以我下定決心總有一天要偷偷溜出去看煙火。沒錯，我的確做了這樣的約定。

桃花……她一定是忘了吧。不只這個，還有其他的許許多多。她當初明明那麼興奮的。

她在如何取捨記憶的選擇上失敗了。

死，只是一種引導生之過程的東西。

反倒是在我身邊半夢半醒的茜，她直到現在也仍微妙地記得我們的對話。

……真是個可愛的傢伙。不過因為現在實在很熱，睡覺的時候還是麻煩別黏著我。

要是把她一個人送走，感覺我就真的不只雙親；連妹妹都要生離了。

因為沒有死別來得習慣，所以或許更容易讓我心碎。嗯，真的。

「也好啦，反正我正好也想開始進行腳的復健了。」

他的眼球雖然就像正被加工成食用肉品的牛一般空虛迷濛，但是卻固定著行動的指針。

初次邂逅活僵屍的心情，大概就是像這樣吧。

這名一臉菜色的男性掙扎著。

從床上到地板。他恐怕連要將腳往下放到地面的感覺都抓不到。

嘶、嘶、嘶。他在病床上爬行，結果摔了下來。

沒有採取保護姿勢，側臉和頭部撞擊地板，他發出比平常更具破壞感的呻吟，伸手抓住了床緣。以其做為支撐，想要踏出自己的腳的那一瞬間，他的下半身連復健都還沒能開始；就已經像魔界村裡死掉的人的骨頭一般崩落，讓他倒地趴在地板上，就連撐起膝蓋都辦不到。

就寢中雙腳同時抽筋，讓人連哭訴的力氣都萎縮的激烈疼痛襲來——他的臉上掛著像那樣的難以承受的表情，嘗試再次啟動自己的身體。這次是雙手的肌肉布滿由青筋織成的網子，向床腳和邊板強索支援，好不容易才終於站了起來。

卸下掉落之際一併扯下的床單，以赤腳啪噠、啪噠地踏在地板上。

他咬著牙閉上眼睛，開始開合自己的腳趾。

像是觸摸雪堆想把它溶掉一般，他持續深深地吐息。

他在這個時候已經渾身是汗，肌肉的充血也已消退，不健康的青白色再次浮現。感覺好像剛脫完皮的蟬呢；或是剛出生的蜥蜴。

看著這副情景，啊啊……啊啊……啊啊啊……好想從旁給他一記飛踢——我如此蠢蠢欲動，和心中的念頭掙扎。不過若是做出這種事，世人恐怕會對我更敬而遠之，要是被冠上一個「陰險殘虐的湯女」這種別名，那門牌該如何是好？要是再被加上「逆行世界的茜」，我八成會憂憤而死。

回到主題。就這樣放過，我真的能接受嗎？啊啊……啊啊……咳咳……咳咳咳咳。

但是，在某種意義上，他最值得稱讚。

全身都七零八落的，卻仍毫不躊躇地選擇站起來。

對於踏出步伐逃離病房也沒有絲毫迷惘。

他的知性還活著嗎？還是想唬爛「我是全自動的（註：《Boogiepop》系列中的台詞）」？

「憑你這要死不活的身體，還真拚呢，不愧是M男。」自始至終看完後的簡潔感想。

「我老家那些人幾乎都是S，這是為了維持一家和樂的處置啊。」

「……嗯，真的。」」就連停頓的點都完美地同步。

我們有被用同一條繩子操縱的嫌疑呢。不過目前來說似乎只有嘴和舌頭的部分？

已經成為屍塊的心，硬是拖著他的身體行動——純屬虛構。

實在不覺得自己模仿得來啊。因為，現在是夏天，不可能冷到發抖呢。

「為了祝賀你復活出門，要我唱一首猴子歌來助興嗎？」

「NO～3Q啦，妳這個S女。我會為妳祈求今晚的煙火大會舉辦不成。」

「「騙你的！」」真心誠意又有力的二重唱。

擦身而過的同時，舉起的雙手互相擊掌。

我因為虛弱而站著發呆；他則是為了脆弱而膽怯。

而我的戲分暫且在此告一段落。

接下來就把詐欺的掌舵任務，交還給委託我飾演代理主角的那一位。

「「好啦，出發尋找自我吧——」」

第四章「Remember1 I」

與某人的故事毫不相干的他人＝某個故事的主角，復活。

於是，我從長久的沉眠中醒來了……不過並沒挾帶什麼邪惡的大魔王復活儀式一類的東西。

但是，在醫院的病床上躺了將近兩個月是事實。其中，意識長期旅行了一個月，被關在精神的車庫裡，附近的醫生差點就要向另一個世界通報了。騙你的。要也是先連絡葬儀社才對嘛。

距離到達目的地，大概還要花上比平常多十倍的時間，趁這時候來說些夢話吧。

就從那個危險分子擅自闖入體育館；然後我受重傷住院開始說起。

內容是關於在我意識混濁的期間看見的幾個夢。首先是我又一次遇見了仙人。

……哎呀，各位鄉親父老先等等，請先不要「哦～是這樣啊～」地把我要說的話丟進專門回收瞎扯淡的垃圾袋裡，請先坐下吧。我是真的以我的雙眼看到了仙人。

只不過，那個仙人是自稱。我在還是小學生的時候，在一次秋天的遠足裡遭遇了自稱——「我是山上的仙人唷」；而且頭部的零件相較之下有點大的傲慢女性。那個人在山中小屋持續住了五年，年紀會讓人以為是三十歲，但是應該和戀日醫生同世代才對。對我來說，因為不會孕育出危險；個性又健全的怪人實在太少見，所以才一直留在了記憶裡。

那個仙人自從那次遠足以後，雖不是直接見面，卻時不時會進入我的夢裡。那個人若以好的方面來說，應該叫做獨特吧。不管是用水或血都洗不掉，一直黏在我的記憶上。

「好想和人說話啊～！超～！寂寞的啦～！」她就這樣喊著，在山上追著來遠足的小學生集團跑；差點就要鬧到報警了。她說自己數年來都只以果實和山菜果腹，所以我想她可能是因為營養不足，而使得頭部的事業縮水了吧。

然後被那個仙人說教了。我邂逅那個人已經超過八年，但是審查這期間的過程之後，被給予了負三億分的淒慘評價。首先一開始是「我討厭吃得比我好的人。」這裡就先被扣了三千萬分。至於「會諂媚但是不退也不悔（註：改編自《北斗神拳》南斗將星的台詞）」這種半吊子的面對危險應對法也被叨唸了幾句，再扣四千萬分。慘不忍睹。

不過，總比那個有氣無力什麼也做不了的死小鬼要好得多了。我被這樣誇獎。

而到了意識有半天處於復活狀態的中期，許多東西放起了煙火。羞恥與夢百花撩亂，像萬花筒一般的彩色陰霾覆蓋著我，讓我哭了又哭，害我的臉肌肉痠痛了好久。

半夢半醒中上映的是，至今為止和我扯上關係的死者與生者的搭檔。映在病房窗戶上的是生者的幻覺；而死者則潛藏在來訪者的影子裡。尤其是定期來向我報告麻由動向的湯女，她的浴衣織成的影子，更是從黃泉路帶來了大量的死者。

長瀨和綁架犯；伏見和妹妹的母親；戀日醫生和麻由的母親。之後連遠江和山名也跑來揶揄我。搞不好其實他們是來迎接我的也說不定？不對，遠江還活著啊。應該吧。畢竟就連赤池都還活著，枇杷島和菅原也都沒死嘛。

又不是說我認識的全都是一些死人。沒這回事。

察覺這件事後，我開始聽得到外頭的蟬鳴了。而身旁的湯女抱著我，撫摸我的頭部加以安慰——這種除了屈辱之外不作他想的行為，我到現在還無法確定那是不是現實。真希望那是夢，拜託。不，那肯定是場泡影般的夢吧，畢竟那觸感以女性來說實在太堅硬了。主要指胸部。

然後到了後期，身體開始能夠坐起來幾分鐘的時候，便開始進行與現實的對話，與不少坐在折疊椅上的人說了許多事。很久沒有被解除制約了。一打開門就會一臉不高興的人，還是老樣子離我遠遠的。

來探望我的人大多都哭了。我因為早已忘記了率直地表現喜悅的方法而感到焦躁，同時也躊躇著要是自己去觸摸那人類的美好；會將其也沾染上某人的血液與我的指紋。不管是要鑑賞還是要隔離，只要不握住；它就會在空氣中擴散開來，根本成不了我的食糧。

來探病的有叔叔和嬸嬸、伏見、長瀨、池田兄妹和一樹、傑羅尼莫小姐、金子、呃～其他還有……窸窸窣窣。戀日醫生原本就不知道有發生過這麼一件事，今天應該也剝著大拇指的死皮和平地度過吧，而這也是我所希望的。之後，稻澤（其實他的姓好像是稻側才對，不過這根本就無所謂）不知道為什麼也跑來了。他恐怕是來視察麻由在不在這裡的，真是太沒禮貌了。接著帶著若干虛偽；宣稱這個順序出於無心。我放任他做出類似官方宣稱發行數量的解釋。

然後……啊啊，當然，麻由並沒有來我這裡。

傷勢遠比我輕微的麻由，早在兩個星期之前就出院了。

麻由在體育館裡因為某個東西的觸發而再次失去阿道，回到了一年前的生活。

……而我則因為這件事備受指責。不知是否因為身體過於虛弱，舌頭趕不走那些虛構的亡靈，亂七八糟的罪惡感掐住了我的脖子。他們叫喊著──不管是被長瀨用花瓶打破頭；還是被妹妹用刀子刺穿手掌和肩膀；或是因為矛盾而讓腦袋有點壞掉；甚至遭到槍擊，這一切，全都是因為「阿道」在麻由身邊才造成的不是嗎？全都是你害的不是嗎？你這混帳傢伙！

被說到這種地步，感覺就像comical改了一個音節變成chemical──這樣的化學反應是我們兩人引起似的。被害因此央及周遭的時候，雖然像我這種垃圾人類根本不把它當一回事；但是一旦當事者牽扯到麻由，也還真是無法一笑置之。

唔～這樣下去可以嗎？下一次；不久的將來，麻由可能真的會死也說不定。

正當我獨自苦惱的時候，小麻也真是的，竟然忠實地重現了綁架與監禁的行動。一開始聽到湯女這麼向我報告時，我的眼前不禁天旋地轉，不自覺地想要以去河名的房間表演的這種名目，前往冥界逃避現實。騙你的。

拜託湯女從我不在的那一天起開始監視麻由，這個請求果然產生了意義。麻由又一次在毫無所圖的情形下，把麻煩的人從事件中給排除了。而我目前卻處於不管是手或腳都無法隨心所欲伸展的現狀，不可能幫她頂罪。

沒有能悠哉地把這件事當成做夢來看的餘裕，我住院生活的無聊一口氣成為了我的苦痛。因為痛到讓人想翻滾但是又不能如此，無可奈何之下只好讓剛好在身邊的護士為我止住掙扎。因為要是傷口又開了一個洞，那可不是裝可愛一句「耶嘿」就能解決的。

只不過，這種痛苦掙扎的現狀的確全是自作自受就是了。回到主題。

大江湯女，帶來了一絲曙光。

事態的確只在那一瞬間出現了好轉的跡象，要是錯過，一切就都結束了。

我這一生八成都會不停住院，所以至少得自己確保出院以後有地方可去。

……我很清楚，裝出一副煩惱的模樣也無濟於事。

所以我逃離了病房。

不管幾次我都會這麼做，因為我很愚蠢。

然後，用以這樣的身體也能實踐的方法來解決事件。

為了不讓我失去的東西，沉睡在我掛在肩膀下擺動的手摸不到的地方。

「總之就是這樣，講話沒條理的笨蛋登場。」

到達廢棄倉庫的同時華麗地單膝著地，被想吐的感覺折磨。嗚，鎮定啊，我的全身……！抖得也太厲害了吧！是在模仿酒精中毒的奶奶嗎？我又不是老太婆。

而且，強忍住的那一股激烈衝上喉頭的嘔吐物，組成的主要成分似乎是血液。把它吞回去以後，感覺就像整顆鐵製的高爾夫球通過喉嚨以後在胃袋裡翻滾。要是再繼續強忍下去，我左邊的鼻孔很可能會射出熱線，所以還是老實地把少量物質從嘴裡吐出來。於是，像打扁的番茄加上石榴的物體擴散開來。

而因為看見眼前這個才剛登場就吐血瀕死的男性，久屋白太整個呆住了……唔嗯，這張尊容的確很像蜂蜜蛋糕下面附著的那張紙——我初次見面就給了他這個評價。真不錯的審美觀——由於在某種意義上可能變成老王賣瓜，所以我節制地給了個正面評價。

「晚安……啊，不，現在才傍晚，所以還是午安？被綁在這裡過日子一定很無聊吧？因為我的狀況和你很接近，所以很能了解你的心情喔。」

首先表達出親近感，來試著拉近彼此的距離。感覺相似的人類果然很容易互相吸引呢，不過這很讓人傷腦筋就是了。要是這樣的話，我可能會和湯女沉迷於在脖子綁上紅線互相拉扯的競技遊戲裡。這世界上應該沒有比這更沒意義的死法了吧？

久屋白太嗚嘎嗚嘎地叫喚著新到的客人。那恐怕是讓他完全忽略我的自我介紹的全方位救援申請吧。因此，首先是選擇「不」。我感覺到自己個性扭曲的程度逐漸復活，心拐彎抹角的等級也逐漸加深。取回平常的感覺——能把這句話做出負面的解釋，還真是嶄新。

「抱歉捏（註：《JOJO的奇妙冒險》第七部，布拉克摩亞的口頭禪すいませェん），我不是想幫你才來的。我只是因為聽了報馬仔……U・N・Ooe給我的報告，所以才來看你一下。」

膝蓋發軟。強撐過要求增援人力的血液工會罷工潮，接著等待它分配好體內的配置，最後身體終於得到安定，維持了以雙腿行走的能力。不只是言語，就連身體都開始玩起拐彎抹角的把戲了。要是不一個動作一個動作地加以意識，肌肉就不願意和腦子連動呢。

因為光是抬起大腿感覺就已經要耗盡力氣，所以我拖著腳向久屋白太走去。因為在醫院裡不用穿鞋，所以沒有另外準備，就這麼把醫院裡的拖鞋給穿了出來，多虧如此再加上我的舉動，一路上引起了不小的騷動，搞不好還被懷疑是從另一間醫院逃走的病人。

久屋白太也做著無謂的掙扎想要和我保持距離，不停扭動著身體。要是這麼做就能破壞柱子向後退，那麼這一次的事件早就可以省去很多麻煩直接以蠻力解決，我也不必像這樣子特地過來一趟了。但是，強而有力地題下可喜可賀字樣的那一天並不會就這樣出現，現實要求我們像這樣子互相對峙。

「唔，很多方面都是騙你的啦。」而且還要繼續騙你下去。「我現在就救你。」救小麻。

我繞到綁著久屋白太的柱子後方，然後將鶴里先生的右手放在腳邊，接著解開繩……解不開繩結。現在不是說那種——用普通方法解不開啊——的耍帥話的時候。這個繩結應該是麻由綁的吧？我該不該承認這年頭的女生力氣還真大呢？掙扎中。

我就連嘲笑鶴里先生的獨立手腕若是不依附在身上就什麼也辦不到的資格都沒有。

我現在已經沒有自信能夠像參加鎮上的祭典扛神轎那樣，把小麻嘿咻嘿咻地扛起來了。不，其實原本就沒有。這件事在公寓裡就試過了。

「唔唔唔……哎呀，我不是在焦急喔。」久屋白太以側眼瞪著我；憔悴的臉頰也露出敵意，我這麼和他解釋著，同時繼續苦戰。提到繩子，讓我腦海裡浮起泥繩（註：日文指等事情發生了才手忙腳亂地思考對策）這個單字。汗水滲了出來，濡濕了我的額頭和瀏海。不得要領又加上身體虛弱，真是沒救了。

花了幾分鐘終於解開繩子，差點就要卸下肩膀上的貨物，連忙重新接回去。

久屋白太為了久別重逢的自由而感到欣喜，不由分說地以變瘦了的雙手把我的身體一把推了出去。接下來的敘述將會亂七八糟，不過因為這是在倉促之下做成的文章，所以還請各位多加體諒。他毫不留情的右手打擊我的胸口；左勾拳則打在我的額角。我像地面沒有摩擦力似地直直飛出去；一屁股坐倒在地。

被監禁了這麼多天還能採取這種行動，年幼時的我也真該好好學……應該辦不到。

他自行用力取下口塞，呸呸呸地朝地板吐口水。喔喔，真像個年輕人。

雖然我沒有聽過在哪些都會地區的車站前面會貼上一行像這樣的警告標語——「因為年輕人的唾液使得地板濕滑，行走時請多加注意」，所以就算我因為這個偏見而被都市人毆打，也沒什麼好抱怨的吧。正確答案。哎呀，其實是騙你的啦，我好歹也有去過一次東京嘛。不過，就只有那麼一次而已。

國中校外教學的時候，去了千葉縣的那個所有生物二足步行改造工廠的夢之國度。那個時候甚至還搭了新幹線，不過記得當時搭的是KODAMA號列車，因為NOZOMI號列車一天之中只經過我住的縣一次。這大概是鐵路公司給我的啟示吧，希望(NOZOMI)沒那麼容易過的「喝啊！你這傢伙是怎樣啊！」這次是被踢飛，在地上華麗地滾圈圈，途中還因為力道過猛而彈跳了幾下。嘴唇似乎破了，口中混入了從外側來的血腥味。

站不起來。我轉動眼球，試圖抓住即將失去焦點的意識的尾巴。

「咦……怪了。一般來說，被打倒然後復活以後，不是都應該有一段無敵時間嗎？怎麼我還是被打了呢？人生果然不是ACT而是RPG嗎？」

「你在那裡碎碎唸什麼啊！混帳東西！」

腳尖踢進我的腹部。順帶一提，對手也一樣。每踢我一腳；自己也快要跌倒似地搖晃。

……很好，再繼續吧。

努力度過你的餘生吧。

「你這傢伙到底是誰啊！同伴嗎？是那個臭女人的同伴嗎！如果是正義的夥伴的話那還真是多謝了啊！混帳！害我被拖延了這麼久！啊——真是的，遜斃了！」

側腹被踩了幾腳，像幫浦把空氣和胃液從我的身體擠了出來。今天在醫院被「來～啊～」地塞進胃裡的餐點，變成像五歲的小女孩跌倒在地；把用爸爸給的零用錢買的三球重疊冰淇淋（請見諒）壓扁在地上，連洋裝也變得黏答答那樣。口味是……如果以色彩來分類應該是檸檬香草？或是蜂蜜果醬？雖然也有點像加了太多醋的粥，不過一般來說不會有人在粥裡加醋才對。

另外，那個拿著筷子說「啊～」的人是誰就交給各位想像。解出正確答案的人請不要爆料，自行享用自助式的優越感。而要呈獻給懶得解答的各位的則是，恭喜你有效地活用了壽命中的時間。祝你有個愉快的人生。

「大家都在等我，我卻在這裡浪費這麼多時間！不過說起來，他們真的有等我嗎？不，我覺得他們一定早就開始了啦！不過，我們一直都是四個人一起的嘛！所以也有可能他們還在等我！對吧！」言語的暴力與手腳的蠻勇一起蹂躪著我，明明是一副搖搖晃晃的樣子，這肺活量還真是驚人呢，這就是年輕吧。騙你的。

……啊，大家好。

雖然被年紀比自己小的高中生任意蹂躪，不過我真的是主角喔。

不過，這是不是因為湯女不斷進行無謂的挑釁，結果連累到我啊？

已經吐不出東西，因為也沒有餘力呼吸，所以還併發了缺氧。嘴唇好重；眼睛打從一開始就是一片迷濛；感覺腦袋好像愈來愈空了。腳的痙攣加劇，感覺像盂蘭盆加颱風加新年加大雪全部一起殺到。也就是說，因為身體的狀況忙碌不休；光靠一顆大腦實在處理不來。不過也多虧了這樣，激烈的疼痛完全傳不到大腦。這是我身上傷勢的功勞嗎？

然而不管怎樣，再這樣下去的話——「八月十七日，星期三，天氣晴。今天從傍晚起就被那個遭到綁架的人又踢又踹。除此之外都和昨天一樣」——感覺心裡的日記都還沒寫幾行，日期就要變更了。不，就連還有沒有明天都是個疑問。

得想辦法在讓事情順利進行之餘；也確保自己的壽命才行。

「那個，布包。」「嗄？」已經連伸出手指的力氣也沒有了，所以由視線代勞。

又往後踹了我一腳，久屋白太走向那個布包，然後撿了起來。臉上雖帶著狐疑，但還是把布掀了開來。「嗚哇！」確認了內容物的那一瞬間，他的眼睛瞪大，幾乎把東西拋了出去，但還是連忙手忙腳亂地把它接穩，冒昧地從那右手的指尖到切斷面為止不停觀察。

藉由記憶確認完手的身分之後，拋出夾雜憤怒與驚愕的疑問——「這不是我的右手嗎？」他的臉部因為複雜的情緒而扭曲。

「怎麼在你手裡？……嗄？這是怎麼回事啊？」

「還你、啊。」

「本來就是我的啊！開什麼玩笑！」

雖然想提出「那是鶴里先生的」的主張，但是嘴唇一帶馬上挨了一腳，結果聲音的出口遭到封閉，這個主張因此變成了迷途的小孩。不得已，只好吞回肚子裡。咕嘟。變得好豐滿吶。看來離開的那段期間，它在很好的環境裡成長了呢，我不禁淚流滿面。哎呀，這不是騙你的喔。

因為眼球正在玩期間限定觀光勝地遊戲。假哭不是我的專長，所以還挺稀奇的就是了。

「你大概以為我會把你當救命恩人感謝是吧？開啥玩笑。不會更早一點來救我啊！」

「啊啊……抱歉。」因為我一點也沒有想救你的意思嘛。所以才會拖到現在。

「啊〜終於可以開始了，終於可以和他們玩了！」

他心情大好地看向倉庫的入口。年輕真好啊——其實真正想的是——無知真是方便啊。

「那真是、太好了呢。」「謝謝！」胸口深處突然傳來一道刺激。咦……？

「……………………？」

連一眨眼的時間都不到，久屋白太已經在離我兩步之外的距離了。

看來，我的意識似乎赤腳逃離了火災現場幾秒鐘。真是怪了，記憶明明沒中斷呀？時間被抹消就是像這種感覺嗎？真讓人不安呢。不過意外地，我很能接受這個解釋。

「可以、問你、一件事嗎？」

「嗄？」帶著不解的表情轉過身來順勢又是一腳，將我的下巴射向球門。我則是被施加了些許回轉。連接下巴的地方像混進了沙子似的，發出沙沙沙的難聽聲響。

「你就是、砍下鶴里先生的頭、的犯人吧？」

「……你到底是誰啊？你知道些什麼？你是那個浴衣女的同夥嗎？還是跟那個腦袋有問題的女人同一掛？」

「真是個、愚蠢的問嗚喔……」喉嚨被腳尖狠狠踢了下去，臉仰向天花板，雙頰則鼓得像隻青蛙，讓我不禁想叫聲嘓嘓。

事到如今更說不出「我是我自己這一邊的」，舌頭打著轉，思考該怎麼回應。

「就是、你吧？」

不厭其煩地再次詢問。雖然在這裡劃清黑與白的界線已經沒有意義，但是想到湯女的努力，我覺得自己好像還是得把該做的事做完。

不知道是出於對我這副德性的憐憫；還是說覺得我至少有救了他的一份恩義。

更或者是，單純還處於喜歡誇耀自身事蹟的年紀——

嘲諷地扭曲臉頰；低頭看向我的那個人，終於開始對我自我介紹——「我是殺人犯」。

「……哼，沒錯，正確答案。這個遊戲是我啟動的。」

啊啊，果然，就和湯女猜測的一樣。

說起來，這個枇杷島說的感情好到像蜈蚣般一心同體的四人組，竟然拋下久屋白太直接開始遊戲，這件事本身就很奇怪。

若是犯人在那三個人之中，那就應該無論如何；不管以什麼名目都要等久屋白太到了之後再展開遊戲，這樣才能增加嫌犯人數。

畢竟，湯女很明顯地不可能是砍下鶴里新吾首級的犯人。

因為不是犯人，所以才在追求推理刺激的心態下想展開遊戲。野並繪梨奈雖一度很可疑，但嫌疑在殺害今池利基後就解除了。因為從現場來看，她明顯對「砍別人的頭」不太熟練。

若是有過砍下鶴里先生的頭的經驗，應該多少會有些對策才對。

那麼既然那三人都不是犯人，那麼剩下的就只有久屋白太了。

我果然、沒有、推測錯……痲、由……不妙，這情況不太有趣。要是再繼續遭到迫害，這條小命的保證書可能就要作廢了。

「明明是我啟動的，結果我卻參加不了，真的超莫名其妙。另外，他們不會相信你說的話，所以你就算去告密也沒用啦。」

他將自己與同伴間那宛如砂紙紙條般的羈絆拿出來炫耀，然後——

「好啦，我也差不多該走了。你雖然救了我；但是我沒什麼理由要救你。你就這樣躺在這裡等那個怪女人來好了，她搞不好也會把你綁在這裡咧。」

「……啊啊，有可能。」率直地贊同他的話語正中紅心。接著肚子又挨了作結的一腳。

被拋在這裡，而且連站也站不起來，更不用說要追上去。

久屋白太把鶴里新吾的右手視若珍寶似地抱著，漸行漸遠。

倉庫裡悶熱無比，燒焦似的空氣纏繞著我的身體，連最後一絲力氣都要被奪走了。

事情搞成這個樣子，我簡直就像個為了受苦而跑到街上的變態少年嘛。

不過這麼一來，事件就解決了。

即使是現在的我也能輕易辦到的，單純的解決方法。

只是，我選擇的消費行為，大多數人都會對此猶豫然後放棄吧。

但是我不會。所以我才能把麻由的五年優先於你的六十年。

雖然腳步多少還是有些虛浮，但是久屋白太還是奏起了由憤怒與希望編成的凱歌。

而我為他餞別的話語是——

「騙你的。」

想也知道是這一句啦～

連咳嗽的力氣都沒有；拚命吸著空氣並吐著血，等待身體平息至餘震的狀況。

果然，最迅速有效的方法還是「死人不會說話作戰」。

簡單地說，就是讓久屋白太被野並繪梨奈殺死就好了。

這麼一來，對我而言問題就解決了。

不必自己下手，只要搭上人力ＲＥＳＥＴ的順風車就行了。

湯女沒告訴久屋白太；吹上有香和今池利基都已經被殺。這在最後偶然成了一條生路。

不過，野並繪梨奈的思想能夠加以利用，這個範疇單純是僥倖罷了，並不是什麼能夠裝得一副很了不起的機關算盡。

年輕小夥子的背影，正朝永遠的RESET而去。

掰掰啦～殺人犯。

第一次是失敗；第二次是不可抗力；第三次則是確信犯（註：相信自己的行為是基於正確的概念而犯罪）的成就。

沒有人會論罪；也不會有人救濟，看不見的罪。我已做好背負它的覺悟，才來到這裡。

不是為了救她什麼都能做；而是如果什麼都去做才好不容易能拯救她，那就做。

……好想早點變成不是人啊（註：改編自動畫「妖怪人貝姆」的台詞：好想快點變成人類）。趁這個心情還不是騙你的時候。

當人妖怪生活下去愈來愈痛苦了。

因為我可能會從別的觀點，開始討厭因自己的醜惡而潰爛的傷痕。

「……不妙呢。」

回到「我」這個老家的程度相當嚴重。等身大的自己都暴露出來了啊。

可以不要擅自進行挖掘自我之旅嗎？這可是偷挖；簡直可以說是盜墓。情感的木乃伊可不想和澆了熱水就會膨脹的海帶芽看齊。

「話說回來，我每次也未免都太慘了吧……」

逆境過頭了。而這一次甚至連反擊的餘地也沒有。往後恐怕也會是一面倒的局面吧。

就算是處理一條破抹布，也可以再稍微穩當一點吧？

而且只有第一次是通曉武術的對手；之後都是一般老百姓。我，繼續當主角真的可以嗎（註：PSP遊戲，由「魔界戰記」中的小角色擔任主角的「普利尼～我當主角可以嗎？～」）？還是說我應該站到發出「嗚哇啊（註：《北斗神拳》中反派雜兵臨死的叫聲）」慘叫的那一邊才對？但是回頭檢視一下勝率，意外地好像還不錯耶？

第一戰，對菅原道真。雖然腳和手都被刀子捅了；仍然獲得勝利。

第二戰，對度會先生。以折疊椅進行的兇器攻擊雖然大多招呼在我頭上，仍然取得勝利。

第三戰，對妹妹。還是老樣子被踢來踹去。嘴角破了。總覺得是輸了。

第四戰，對坂夫妻。雙手被折斷，頭部遭到重擊。毫無抵抗地敗北。

第五戰，對襲擊犯。肚子中了兩槍，不過為對手的臉裝飾上鮮血，勝利。另外，共犯杉田也變成了滴著血的腥臭男。那傢伙現在不知道怎樣了？

第六戰，對久屋小弟。就在剛才，成了他宣洩壓力的管道。輸得徹底。

勝率是五成啊。在遍體鱗傷之後得到勝利，這原本是少年漫畫的王道路線不是嗎？沒摘到星星；反倒是沾惹了一身泥。不過還挺適合我的就是了。

突如其來一個逆轉式的發想，我從現在起就以病弱角色做為賣點如何？和現實是否如此期待無關，而是事實上就已經變成這樣了。在這個部分，沒有我的謊話能介入的空間。

「……………………………………………呼～」

吐出一口氣；感覺好像連血都要一起噴了出來。

原本沉重的下腹部變輕；雞皮疙瘩從肩膀狂奔到手腕接著失蹤，就像是被衣服下有什麼在蠢蠢欲動的錯覺給拖走了似的。

似乎也有出入血管的寄生蟲存在。重複地鑽來鑽去鑽進鑽出。吸氣時明明一下子就結束；但吐氣時卻長得沒完沒了，我像在對待很重要的東西，讓肺部慎重地恭送吐出的氣息離去。

很像今年四月差一點餓死的時候的情形，感覺身體很明顯地欠缺了構成的要素。即使有想要用指甲撕裂什麼的衝動，卻連要把手握成拳頭舉起來都辦不到。

「這大概就像……臭氧層與紫外線吧。」

平常被其他事分心而不會注意到的地心引力，在純粹的我身上展現了出來。再這樣躺個幾分鐘下去，ｃｏｎｔｉｎｕｅ可能就要失效了。

我現在還不能落入哪裡也去不了的局面。

在回到醫院之前，還有個必須移動自己雙腳前往的地方。

「得去的地方……」嘀嘀咕咕；破破爛爛。語言自己接合在一起，成了片段的言語。

決定行動的大腦輔助身體統整在一塊，驅使我開始行動。

四肢缺乏統一性；毫無章法地擺動，透露著對地面的執著。

我逃離醫院要去的地方，屬於約定的範疇。

「得去、掃墓才行。」

趁著肉體的腐敗被擱置的期間，讓血液再次流遍全身。

啊啊，順帶一提，也趁心的碎片還集結在一起的期間。

對身為掃墓狂的我來說，我覺得墳墓是能夠最快讓人感覺到他人的東西。

因為死去的人不可能蓋起自己的墳墓嘛。

順便說一下，之所以累積到足以成為掃墓狂等級的次數，原因其實很單純。

那就是，我已經眼看著這麼多人死去。

……然後，這也代表我邂逅過了那麼多人。

仔細一找，意外地很多嘛，大江湯女。就是我和妳之間的差異。不過，這差異大概也就是像在玩大家來找碴的那種程度就是了。然後，正確答案是哪一邊呢？

用在倉庫撿起的鐵棒代替拐杖，胡亂地在地面耕作；同時前進。好像有在前進——知覺微妙地有些朦朧；強忍著像是只有精神正在漂浮的感覺。身體依然維持著兩倍的重力。

出門參加夏日祭典的人和我擦身而過，還是都老樣子以異樣的眼光看著我。

「……真意外，明明睡得一塌糊塗，我卻都還記得路要怎麼走呢。這些東西究竟是記憶在什麼地方的呢？」

我前往的地方是，墓園。蓋在山坡上，市內最大的墓地。要說是我的家人；感覺有點微妙，那是屬於妹妹的母親的場所。

在兩個月前沉眠於此的女性，我得去她的墓前才行。

她名叫海老原香奈惠，是和我同年級的學生。應該……是吧。我們恐怕從來沒有同班過。但是她的死，救了我和麻由。

我們在體育館Ｚｕｋｙｕｕｕｎ（註：《JOJO的奇妙冒險》中接吻的擬態音）那天，同時刻，海老原香奈惠在理科教室陷入昏睡，救護車急忙趕來，然後因為剛好到了下一堂課，前來體育館的另一個班級發現館內的慘狀。這樣的偶然重疊之後，我和海老原香奈惠的死就交換了。

海老原香奈惠的症狀是腦溢血，但是表面看來只是口吐白沫陷入暈厥。

相對的，我的狀態則是像飛越了季節的秋楓；蓋著用血液做成的棉被，而且內臟從肚子上被開出的洞裡頭鑽了出來。基於現狀而非症狀，救護車決定優先將我們送到醫院。

若犯人是「你已經死了」那一招的好手，我已經連動也不動的話，就會被延到第二趟吧。這麼一來我不就無論如何都死定了嗎？所以這個情況我要駁回。

啊～也就是說，人生吶，演技也是很重要的呢。所以，日本人們，不可以忘了切腹精神啊。騙你的。如果想要在這個社會毫不謙虛地活下去；那就得有讓自己君臨於頂點的覺悟才行。

除此之外，關於犯人的詳細……我一概否認知情。因為真的不知道嘛。杉田究竟怎樣了我也不清楚，至少應該是還活在這個藍天之下吧，我猜。不過老實說，我對這件事沒興趣。

將鐵棒拄在山坡上，停下來稍作歇息。氣喘吁吁，連蟬鳴聲都傳不到我的耳朵。血流的脈動從我的耳朵一一出發前往目的地，而這也成了我還活著的證明。

墓地唯一有看頭的當然就是墳墓，而且理所當然地數量眾多。但是我得從這些墳墓裡找出海老原香奈惠的墓。以我現在的身體要達成這個目標，就算花上一整晚也不足為奇。

可是還是不做不行。所幸因為是這種場所，所以就算在這裡暈厥，也應該會有人為我收屍。

雖然想繼續說是騙你的，但是我不是想做這種褻瀆死者的事才來這裡的。

我以爬山的氣概再次邁步，鐵棒一拐一拐地刺著地面；同時感到自己的內側有點被挖開了。

我覺得自己該感謝的對象與該懺悔的存在實在重疊得過了頭，所以每年都要試著不帶一絲感慨地前來掃墓，不讓自己在對屍體的待遇上遭到人情所束縛。

原本對人清一色是恐怖的感情，也被許多人給切碎，用新素材接續下去了。現在的我是用什麼心情來看待他人；就連我自己也搞不清楚，整個迷失了。

而反過來說，我對別人怎麼看我；怎麼對待我也一樣不明瞭。

犯罪者的血親會遭受責備，被投以侮蔑的視線，這一點是可以肯定的。

想對社會做出貢獻？那就給我安分地待在家裡不要出來。

搞不好哪一天會有誰對我提出像這樣的辛辣建言；而我也會「你說得對」地加以接受。
雖然如此，願意關心這樣的我的人，數目似乎還不少。
結果，我那想要縮小到極限的世界，卻隨著我活下去而愈來愈寬廣。
「……………………」
看來我似乎和自己想像的不同，成長為一個任性的人了。比麻由還任性；比誰都任性。
命運似乎對我的懺悔心懷期待，我比預期的來得早找到海老原香奈惠的墓。她的墓，離我每年都會造訪的妹妹母親的墓很近。
遠處傳來某種撕裂大氣的聲音。接著，彈奏出音色。
在連繫著這片夜空的某處，我的恩人們也正仰頭觀賞著這場煙火吧。
我將鐵棒拋在地上。
像下跪般膝蓋著地，伸手抓住墓碑：
「因為妳的死，我才得以活。」
我對海老原香奈惠這麼說。
我想對久屋白太這麼說。
而我每年都對天野海豚這麼說。
要是沒有這些死者支撐著我，我就沒辦法活下來。

煙火在遠處打上天空，飛舞著；誇耀它盛開的美姿。

那艷光時不時將我和墳墓染上五顏六色；在夜色中示眾。嬰孩的哭聲和不開口的小孩笑聲成為幻聽穿過我的鼓膜。以在妳那裡得到的體驗來說，還真是充滿了嘲笑的意味呢。這是和臨摹過去之間的落差吧。一定是。

「啊，對了，錯過了和麻由一起去夏日祭典。」現在才想起隨口和她做下的約定。

下半身更失去力氣，手肘撞在墓上，就這樣抱著墓碑讓身體向下滑落。缺乏人味的冰冷讓我身心舒暢，快要溶解似的身體和意識重新凝固了起來。

「眼淚……這還是第一次呢。雖然來掃墓，但是什麼也沒報告；連表情也和以前一樣；什麼意思都沒有，而且因為是夏天，大概不到一晚就會乾掉了吧。但是，我現在的確正在哭泣。」

海老原對這擦在墓碑上的眼淚不知會作何感想？抱歉，因為我不了解妳的個性，所以妳究竟是會原諒我；還是可能永遠懷恨在心，我都不會知道。

妳在我的世界中並不存在，所以，我承認都是為了自己而感到哀憐。

除此之外我會宣言，我現在還不會追隨妳的腳步而去。

「……該出發了。」

我又一次以連自己都聽不到的話語，呢喃著下一個目的地。

雖然來掃墓，但是不代表我想快一點被葬在這裡。

夏日祭典每年都會舉辦，觀光客也幾乎都是在夏天前來這個縣。

而我在明年夏天一定也還活著。

不管要到什麼程度，都會以說謊來延續自己的生命。

為了和喜歡的女孩一起前往夏日祭典。

為了在更久的將來還能回頭想起這極度平凡的；良質的回憶。

所以我不能長眠於墓地。

得趁還沒死之前回去才行。

抓住墓碑；以臼齒使勁咬碎泥土；仰頭看向開花的煙火；咆嘯。

這是我現在全力所能做出的抵抗。

「該出發了——」

去我改變了的地方。

去我代替了的地方。

去我該回去的地方。

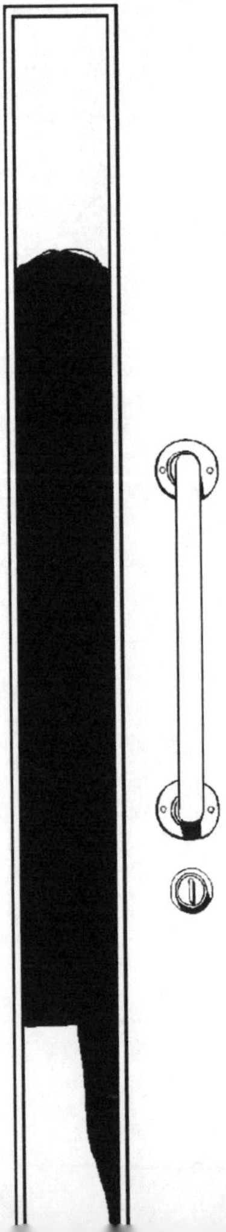

第五章「the perfect world of liar」

對周遭的人來說是世界的噪音＝笨蛋情侶，重出江湖。

前情提要。

發生了許多事。

要以一句話概括的話就是這樣……吧?與湯女的真實民間故事(是什麼意思請以感覺代替眼睛自行體認)一路走到現在,然後只承辦了結局。把這樣的結果統合起來的話,就是如此。

說到這個,這一次,若把一個事件比喻成長篇小說,那我出場的分量就連一個短篇都不到。而且也不是以全彩目送日子一天天過去;而是閉上眼皮的清一色黑。

然後,其實是從現在開始才似乎要遭遇很多事。

「來~第一位請進~」

在沒有配發號碼牌;待客亂七八糟的病房外有三個人在等候。我以沉重的口吻呼喚她們。

逼近的問題要素其一,長瀨透進入病房。喀噠、喀恰、碰!她以肩膀重重撞上門板的姿態登場。怯生生,溫吞吞。她穿著學校制服,舉止可疑噠噠噠地進入病房以後,以一句「午、午安!」這樣虎頭蛇尾有氣無力的台詞打了招呼。唔~毫無偽裝的緊張度100%。

她喀噠喀噠地拉出訪客用的折疊椅,一屁股坐了下去,然後大大地拉了一下背筋,但是只要一和我對上視線就馬上萎縮,頭也低了下去。

尷尬。現在和長瀨兩人獨處，要是持續一分鐘，胃感覺似乎就會開一個洞。騙你的。

我要是有這種細膩的神經，應該就能建構起更圓滑一點的人際關係了吧。

「……第二位請進～」

喀啦～門正常地滑開，以小動物風縮著肩膀的女孩，伏見柚柚進入病房。她指著筆記本上的「午安」，點頭致意後拉出折疊椅……坐在長瀨旁邊。她們兩人幾乎是同時間來到病房的吧。

盯～再盯～盯盯～凝視著長瀨透側臉的柚柚還挺讓我覺得新鮮。

不過，目前的事態還沒有來到最谷底。

「來，最後一位請進～」還有啊？人口密度太高了吧？太日本了。

門第三度被打開；這一次是毫不客氣地；粗暴地。連剪影猜謎也被省略，直接大步前進。

噠噠噠地走近病床，拖鞋從她揚起的腳尖上飛起，貼在了我的臉上。正當我任它自由滑落之際，肩膀又從正面被踹了一腳，結果拖鞋便落在了我膝蓋附近。我藉由變得如此狼狽，想起自己並沒認識幾個如此具有行動力的傢伙，得以確認了來者的身分。

最後一個進來的，當然是身高依然沒長進的妹妹。

……妹妹。不是長瀨的。而是我的妹妹。純正品。複製人說法駁回。

什～什麼～！

這傢伙還活著啊！啊～真是嚇了我一跳。騙你的。

又沒有人殺她，那她當然還活著囉。

哈哈哈哈哈。

妹妹今天也是一張超級臭臉，把掉在床上的拖鞋打飛。她連看都不看飛到地板角落的那個一眼，迅速地爬上病床以後便在我的膝蓋上坐了下來……咦？折疊椅已經缺貨了嗎？

長瀨以斗大的三姑六婆眼神看著我說「這孩子是誰啊？難道透真的是蘿莉控？那一樹有危險了」——把剛才的混亂繼續下去。這下換我擔心起來了。

另一方面，伏見則是一臉想說「原來還有這一招啊！」的驚愕表情，直瞪著我妹妹。然後不知道是不是因為內部發生了什麼變化，臉頰泛起紅暈，她連忙以手覆上自己的臉。

然後妹妹因為已經找到了舒適的座位，一動也不動，只是抿著嘴從正面瞪著我。

……總之就是這麼一回事。

不管是受難還是女難，它就這樣在我的身旁孕育著。

八月二十二日，看著從窗戶中窺見的樹上的蟬掉落到地面的剛過中午時分。

醫院的個人病房裡，有四道呼吸聲。

沒錯，長瀨透、伏見柚柚、以及我妹妹，都造訪了我的病房。

「…………………………」

為什麼會這樣呢？無論我怎麼冷靜地回想，也摸不出個事情轉變至此的所以然來。

事件解決之後，我又再度被送進了醫院，遭到許多人的叱責。

我該不會是做出了什麼讓人擔心——這種讓我自己痛心的事情了吧？我被這樣子的罪惡感所囚禁。唔，大致上是騙你的。

欣賞完煙火大概已經過了五天吧，只不過其中兩天我都在昏睡就是了。

眼淚乾涸；停止上湧，因為這個演出而感到刺痛的傷潛入了「形」中，回復成傷疤狀態。各部位的修復作業已經完成，接下來的五十年內，淚腺應該不至於再決堤吧。

取而代之的是別的洞穴讓我的側腹多了一個通風口，招致血袋的崩壞。

……啊啊，有時會想起自己的年紀還在個位數剛要進二位數時，住進別的醫院那段日子。那時候，我企求的明明是和現在完全相反的事。這能算是成長嗎？

好想馬上出院啊。

要是誰有機會得知這副情景，除了文字之外；我真想讓他就連肌膚都感觸那股寒氣。在某種意義上也像人生亮起了三振的燈號，背後則是法庭（死神）在進行傳喚的預演，簡單地說，就是讓我說再見遊戲啦。真虧我到現在為止都沒變得冰冷呢。

哇～房間裡全都是女孩子的味道呢——真想躺著宣布這種夢話。不過實際上只有消毒藥水和冷氣機中微微飄出的黴菌和灰塵這些臭味罷了。

老實說，我還真想問現在這空氣究竟是怎麼回事？雖然很想像這樣浮上問號，不過因為她們三人的相乘效果而產生的獨特空氣密度而無法如願，根本沒有介入的空間。

因為她們三人就像在病房前的走道上演蜈蚣、青蛙、蛇，一物剋一物的三足鼎立戲碼，不得已之下只好把她們一個一個叫進來，然而……現在該怎麼辦呢？可以的話，是很希望能把我自己排除在外，讓她們自己去搭建三角關係。

不想辦法解決這個梯形關係的話，醫院最主要的功能——養病就沒辦法達成了啊。不過話說回來我是很希望能在自宅療養，但是這並不被允許。因為些許的逞強以及脫逃行為導致我的身體連帶遭殃受到懲罰，而那處罰便是不得脫離醫生的保護觀察……那個護士小姐是這麼用折線圖向我說明的。圖表後半在底部毫無起伏的曲線，如果是心電圖的話就是死亡等級了吧。

『呀啊！你的人生正在和這張表同調中呢！』少雞婆，才不會像妳說的那樣咧。

我過的可是怦通怦通（真想吃強心劑）；興奮莫名（主要是冷汗）的每一天吶。不過要是能平坦一點的話人生會比較好走，我是不是該向那個方向的發展表示歡迎才對呢？每天走的都是高低差像在爬山的路，誰受得了啊？

一語不發的長瀨與伏見，今天穿的是學校的制服。今天似乎是學校的返校日，所以兩人才會接近同時抵達我的病房。不過，目前我還不知道這件事。

「「「……………………」」」唧——唧——蟬在好的意義上很不會察言觀色。

窗戶外側與內側。難以言喻的；生物間的隔閡。我想…想不起來。所以無法正確表達。

其實就在她們三人襲來前，湯女也來過。這件事要保密。要是聚集在這裡的人再繼續增加，這本書的分類可能就不得不從鄉村青春懸疑諷刺劇，變成女子＋α純情羅曼蒂克棒球小說了。從頭到尾都是騙你的。

伏見就算低著頭也仍持續偷瞥長瀨；長瀨的視線毫不偏心且忙碌地在我、妹妹、以及伏見之間徘徊。妹妹則是惡狠狠地瞪著；尤其是對長瀨，而腳底也不時踢向我的脛骨。不過她平常就是這個態度，所以我除了右腳之外都鬆了一口氣。

不知道是不是因為她小時候和伏見打過照面？不過也不能肯定她們對彼此有印象就是了。而伏見對我妹妹也不是很在意，這個部分就先放著不管好了。

所以問題只剩柚柚&瀨瀨。不是因為兩人目光凝視，卻又無法說出心裡的話（註：出自南方之星「海嘯」的歌詞），嘴唇持續封鎖中。她們彼此認識嗎？怎麼看都是交情很差的感覺。要是這樣子能算有交情，那我現在應該也有一億個不知道長什麼樣子的朋友了吧。

……沒辦法，不叫瀨瀨；改叫長長好了。騙你的。

不對啦，我該做的事是司儀才對。不過要是可以的話，還真想當個路人。

「呃～這一位是長瀨透，我的……」該怎麼說明呢？朋友？聽起來就像騙你的。

不過還是得說謊吧？要是直接介紹說她是我的前女友，感覺壽命應該會縮短。

呵呵呵，我也學會看氣氛了耶！

不過這在事態變成這樣的時間點就已經沒有意義了啊！

「我知道。」

咦？身為我的療癒系的伏見，態度很強硬，有點恐怖呢。聲音比平常還低沉；更具破壞性的感覺。是為了變成海豚而在練習發出超音波嗎？

「呃～這一位是伏見柚柚，是我參加的社團的社長。」

「沒聽過。」這邊也有這邊的可怕之處。我說長瀨啊，妳平常故做親暱的口吻上哪去啦？因為誤植而不見了嗎？

算了，既然都開始了，我也只剩下未來可以依靠。把過去吃掉，肥大化吧。

「然後，這一位是我的妹妹。」

我啪啪啪地拍著妹妹的頭，進行少見的家族介紹。妹妹立刻回頭，用半吊子的拳頭毆向我的肩膀。沒有瞄準我貼滿膏藥慘不忍睹的臉打來，看來妹妹今天心情還算不錯。

「不過是隻工蟻，不要說我是你的妹妹。」

「啊～抱歉抱歉。嗯～……虛以斯麥利透西斯特。」下顎遭到毆打。為什麼會這樣？這應該是很完美的國一英語（而且是第一學期）才對啊？我明明很認真地把妹妹轉換成↓西斯特這個單字，更配合年紀寫成了簡單的英文～……為什麼這是騙你的啊～哎呀，我要是拿出三成實力，要通過英檢準二級也不是難事啦。

不過，妹妹好輕啊。彷彿身體不是由蛋白質；而是以蛋白或什麼其他東西構成似的。昨天，戴著眼鏡的坂下戀日醫生來探望我，然後說出「我已經四個月沒出過門了呢！」這種不是刺痛我的耳朵而是我的心的話語。而如果把她帶來的水果禮盒放在膝蓋上，那個重量大概就和現在的感覺差不多吧，所以即使膝蓋被當成椅子也不會痛。不過如果換成〇〇的話就以下省略。因為一直呈現減少傾向的血氣有可能會再次減少到生死關頭，所以我要謹慎發言。

「咦，這麼說，透，有兄弟姊妹，啊？這是，你妹妹，囉？」

因為第一次聽說這件事，就在一旁的長瀨眼睛瞪得大圓，說出的話也變得斷斷續續，真讓人看得不忍。雖然想給她忠告——不必勉強，就以分手後男女特有的些許凝重的尷尬友誼那樣子相處吧——但是回頭檢視我與長瀨之間的關係，或許這樣才是最自然的，所以作罷。絲毫不考慮任何情分或自卑感就能一派自然的我反而才是異常吧。

哎呀呀，對任何事一律平等的男人真辛苦啊。要是有老爺子在的話，大概會對我叱責——殿下，謊話說過頭了喔！

『我』『知』「道。」

柚柚，搶先垂頭喪氣的長瀨一步！……現在是在演哪齣啊？

「妹」『妹』「好久不見。」

用橡皮擦擦著手上的筆記本，伏見向我妹妹遞出善意。妹妹對伏見那獨特的哈士奇（三十一歲，已婚）被曬乾似的嗓音率直地表現出驚訝的表情。一旁的長瀨也嚇到了。在這種時候，已經學會了協調性的我判斷自己也該裝出吃驚的表情來緩和氣氛。騙你的。

「記得吧？她就住我們隔壁啊？」駛出救生艇給反應遲鈍的妹妹。「不用你說我也記得。」救生艇被擊沉，尾隨被做成狸貓湯的老婆婆（註：出自日本童話「喀喀山狸貓」，老婆婆要把抓來的狸貓煮成湯，卻反被狸貓煮成湯，後來兔子騙狸貓坐上泥船把牠淹死為老婆婆報仇）後頭而去。

長瀨瞥了伏見開心的表情一眼，故做開朗地說：

「啊～剛才的工蟻……是指這個啊。你妹妹啊，記得第一次『約會！』時聽你說過呢。」

長瀨，不認輸地直搗黃龍！所以我說，現在這究竟是在幹嘛啊？

「…………………………」目不轉睛的伏見進入沉默。稍微變成試膽系。

長瀨與伏見之間萌生了什麼，方才風箏線般的視線已經變得像導火線。她們究竟是在爭什麼啊？妳們是那種見面就要吵架的交情嗎？

嗯……要是這麼自覺的話可能會被烙上「自我意識過剩男」的烙印，所以得慎重一點，不過我想她們在爭的事多半和我有關吧。以狀況上而言。爭財產這條線不可能；剩下的就是……我不會把麻由讓給別人喔！唔～其他還有……別跟我說什麼絕對划算的預購這種事喔！開玩笑的。那兩個人啊，很不擅長說謊。其他我認識的人……大概就是醫生了吧。

而不需要使用也能活下去的是伏見；必須繼續埋葬真實的則是長瀨。期待她能過著小心提防不被自己挖出來的土埋掉，不是全程低著頭的人生。

和長瀨是已經分手了；和伏見則是不管分離或接著都無緣。現在的我究竟在追求什麼，完全是個謎。伏筆已經全都被我忘記還是錯過了呢～

愈來愈像推理小說了呢！這預感主要是在需要補充流血的部分。

「啊，呃，啊，橘子。你吃了橘子啊？」

在床邊的板子上發現開成一朵花的橘子皮，長瀨提起了新話題。

「啊啊，吃了一點。」畢竟那味道實在比醫院餐點來得多采多姿。

「那，還要不要吃點什麼別的？啊，我幫你削蘋果吧！」「不要。」在長瀨想要起身的那一瞬間，我不自覺地迅速創造了錯誤的否定型。

明明應該制止她們，卻不小心說出了真心話，有沒有什麼把這當成謊話的方法呢？

長期住院，讓我世俗的處世之道變遲鈍了。看來這部分也得好好復健一下才行。

「不…不要嗎？啊，這也是、啦。透果然、還是對我……」「不是不是，啊——我說啊——」

雖然我覺得妳因為太喜歡紅色所以特地在削完蘋果之後也要把它染成一片紅這樣的原則很棒但是食材不是只靠外觀而是要靠內在其實我要說的是因為妳太笨拙了所以請住手啦！我今天可沒有準備OK繃啊。以上，請妳理解。

現在的我，搞不好會從長瀨的傷口直接吸血吧。哎呀，騙你的啦，既然都在醫院了，當然要好好活用這個意義，用不著那樣子輸血啦。啊，不過是有對別人這麼做過就是了。

『啊』「喀。」『那不然』「咚。」『我』「碰。」『來做』。

現在以加快五成的速度重播伏見的動作。首先，伏見起身的時候腳雖然勾到椅子，但還是硬拖著走，身體像要跌倒似地往前傾，一把抓過裝了水果的籃子。接著以危險且舉止可疑的方式握住水果刀的刀柄，另一手則是抓著蘋果，那力道看起來很可能會就這麼把它捏扁變成果汁0％的果實，左手在這裡看起來實在不太像只是輔助。

連忙坐回椅子上，身體唰地前傾，一臉像是拚死把刀架在嬰兒的脖子上，卻無法徹底無情的殺手形相。要是她對蘋果不抱著殺意或憂愁；那就是表情詐欺。她過去是不是有以蘋果減肥結果失敗的私怨呢？她挖著蘋果——搞不好不是在削皮？果實愈來愈小，這是在做什麼？是要像料理漫畫那樣，只抽出最精華的部位來招待我嗎？不，應該不可能。那比較像豪邁的雕刻。

接著，完成品被遞到我的眼前。

食材本身出現罹患厭食症的症狀；感覺就像醫生不注意自己的健康。

唔——這可是真正的蘋果減肥。該幫它吊個點滴嗎？

『拿去』『漂亮』「地」『削好了』。

她指著筆記本上的漂亮兩個字的時候是不是有特別強調了一下啊？還有，漂亮是什麼？

似乎差點就要被這年頭女高中生的審美觀給耍了。年輕人文化好難懂啊。看來我得多看些封面上飛舞著洋文的年輕人雜誌才行了。如果是「Orange Page（註：一本主要針對主婦族群的雜誌）」那一類雜誌的話，我每次回嬸嬸家的時候都有看；其他還有的話大概就是「Sakura」（這個城市的會報）了吧。看來這樣遠遠不夠呢。

伏見經理滿臉笑容地將蘋果的殘骸——或者該說是放著營養失調的阿婆(apple)小弟的盤子——遞給我，表情就像什麼大師對完成的工作十分滿意地愉悅。長瀨在她的背後微妙地低著頭。也是啦，在沒能夠以雙手來證明水果刀有多麼銳利的那個時間點，勝負就已經決定了。

柚柚在這裡一口氣拉開了與長瀨的距離……說到這個，眼下這微妙地開心不起來的氛圍，就像小學去岐阜縣多良川的小紅擺渡船那裡遠足時，遠眺以狗爬式搭在船邊的狗兒那種心情。

拿起蘋果的碎片，送入口中咀嚼。果皮很爽脆，棒狀點心的口感真有趣呢！

『好吃嗎？』

「唔，因為現在不是產季……」

「…………………………」

「雖然如此卻還能種出這麼美味的水果，這樣的栽培技術讓我的眼睛都驚訝得瞪大了呢！科學的力量真偉大！」

這麼一轉之後，伏見的淚眼漸漸收息。呵呵呵，從蒼蠅的飛舞讀出空氣的流向「遜斃了。」

膝蓋上那個小不點似乎把我的人際關係變成真空狀態了。

臭臉妹妹連沮喪的時間都不留給伏見就搶走刀子，喊了聲「去死！」就往她的胸部捅……就算這麼做，在這個場合也不會突兀，但還是先拋下這個念頭，拿起另一個蘋果，誇耀似地，輕鬆寫意地唰唰唰一刀到底流暢地削掉果皮。不愧是妹妹，在切東西和破壞東西方面真專業。

讓伏見與長瀨的立場這種人際關係刮過一陣寒風，這麼不察言觀色，不愧是我的血親，太優秀了。說起來，這傢伙根本沒學過如何過團體生活吧。溝通的基本是拳＋拳＋腳，還有碰碰碰和切切切，完全不需要文字呢。變得這麼國際化，真不愧是我自豪的妹妹啊。騙你的～啦～

在處理食材方面擁有讓人啞口無言的技術；備受好評的妹妹，簡單俐落地就讓蘋果變成了全裸，然後又靈巧聰慧地將其解體成四塊。因為有過湯女告訴我的這次事件的開端，我不禁想像起那個鶴里先生還是什麼的；是不是也是以這樣的感覺遭到解體。

將剩下的果核立在中央，「拿去」——盤子被像用丟的似地塞了過來。妹妹蘋果佐伏見蘋果片完成。材料標示寫的是只有蘋果。

「謝謝。」無視於折疊椅二人組的視線，向妹妹道謝，拿起蘋果要吃的時候，突然「碰咚、咚鏗」地被水果刀的刀柄毆打。接著妹妹以刀尖指向自己的嘴——哎呀，很危險耶，快把刀子的方向轉過來。啊，不過那樣也不太好就是了。

「你白痴啊，我是要哥哥你餵我吃。」

「啊，是這麼一回事啊，好好好。」

不必特別跑去那座山就捕獲一隻兔子蘋果（註：出自日本童謠「故鄉」的歌詞，追著兔子到那座山），送進妹妹的嘴裡大嚼。妹妹不知為何還是持續瞪著伏見與長瀨，但嘴裡還是平靜地嚼著蘋果。在這段期間沒有對我施加暴力，看來她也長大了啊。不過也有可能只是因為我就算被打也沒有什麼反應而覺得膩了吧。

在料理技術方面，看來是妹妹＞＞＞伏見＞長瀨。順帶一提類似番外篇的事，某醫生宣稱自己「我沒拿過菜刀；也沒掃過地；現在甚至也沒在工作；但是還是有飯吃，愛什麼時候洗澡就可以什麼時候洗澡呢！」在某個意義上也算是頂點吧，只不過那是哪裡也不爬；直接立地為王就是了。請小心因為周圍的空氣撤退而引起缺氧現象。

雖無關緊要，不過再追加昨天發生的溫馨對話——『啊，尼日醫生。』『你是把哪個單字加在我頭上啊，嗄？』然後，做為「你這次又幹了危險的事獎」的獎盃，她又一次跟我絕交了。這是名為「每次見面都能建起清新關係的交情」，戀日醫生的友好證明。這是剛剛捏造的。

我以大拇指點向妹妹的臉頰，讓她把臉稍微轉向我這裡，然後直盯著她看。

「……嗯。」

「闇嗄啊，嗯噁應欸（幹嘛啦，很噁心耶）。」她還是以一張臭臉嚼著蘋果。

「沒有啦，只是覺得妳的臉真漂亮啊～」

之前被麻由那樣子在臉上踩了又踩，我還真擔心會留下傷疤。最後和妹妹道別的時候看她滿臉是血，腫得都讓我想對她說「回去妳的國家吧……妳應該也有家人（註：出自電玩「快打旋風Ⅱ」凱爾獲勝後的台詞）……咦，就是我嘛！」當時不快點把她趕出去的話，不知道麻由什麼時候又會說「還是給她死好了～」所以就把她一腳踹出了門外。

而相對於我平穩的心境；妹妹則是十分激進。「吶、吶、吶、吶！」蘋果噎在她的喉嚨，讓她翻起了白眼。「吶吶吶吶吶！」「不…不純潔交往！」我說，幹嘛連妳們兩個也有反應啊？

大家似乎都罹患了嚴重的錯亂與混亂。至少針對妹妹的部分，就由我這個哥哥一肩扛起吧。另外兩個人比妹妹成熟（刻意不提是哪個部分），就請她們自行解決。

我家妹妹只要一被抱住，就會發出「啾嚕～」的聲音喔。「啾嚕～」是我遭到毆打的腹部發出來的。因為被抱住而產生動搖，這矛頭便具體地指向了我，妹妹的混亂轉化為純粹的怒氣。「放開我！放開我！你這隻變態螞蟻！」妹妹就像不想被剃毛的狗一般不停掙扎。

既然要這麼說，那一開始就別挑膝蓋的自由席，去坐折疊椅的A席不就好了？幹嘛進來二話不說就跳上這裡啊？妹妹真是愛撒嬌……若是妹妹的母親對她這麼做應該就無所謂吧？

「那、那、那個！」

「啊？」「太、太、太失禮了！」妳又不是運動型的人，不用這種男人腔調說話也沒關係吧？啊，不過長瀨好歹也是桌球社第四號打者。另外，伏見爬到床上來了。她不知道是肌肉痠痛還是緊張，雙手不住發抖。她還特地脫了鞋跪坐在我旁邊，臉則是變身成了蘋果。現在若將她的臉切成當季尺寸的話，應該會噴出鮮紅的血……不，不管什麼時候下去都會噴出來才是。

「啊、啊、啊——～」

這位小姐好像開始玩起了小鳥遊戲，閉上雙眼，嘴巴一開一闔。

我與妹妹的視線都捕捉到了她的模樣，不過心裡在想什麼應該就不同了。

「我，也是來探…探病的。」她閉著眼睛說明了自己的動機。

睫毛的震動不知道在訴說著什麼。要問為什麼的話，因為睫毛本來就不會講話。

「……喔。」這個點的座標離我能辨識的範圍太遠了，我沒辦法用線連起來啊。

算了，反正除了蘋果和我的壽命之外也沒什麼別的損失。如果是騙你的就好了。用手指拈起像果雕的蘋果，說著「嘴張開——」接近伏見的嘴巴時，特派員（我）看見的情景是！

妹妹從旁以直接的意義插嘴。她一口直接咬到接近我手指根部的地方，嘎嘰嘎嘰地咬了一陣子之後只搶走了蘋果。「難吃死了。」那就別吃啊。

妹妹啊，妳從剛才開始，說的話和做出的行動就一直產生矛盾耶。感覺簡直像看到國中時代的我，害我擔心妳的將來擔心到都想去做家庭訪問了。騙你的。

因為我自己現在也還是因為言行不一致而遭到大量惡評投訴，而且也沒看到改善的跡象。

另一方面，柚柚仍然閉著眼睛讓眼球轉來轉去，上下牙齒咬著空氣發出喀嘰喀嘰聲。雙頰的紅潮進入熟成期，讓我不禁想用雙手包住捏一捏——其實是真的捏下去了。

「喔耶！」不是嘴巴裡，而是往嘴巴外部的偷襲！伏見的雙眼因此睜開，兩顆眼球像蓄積離心力似地旋轉。我也配合著用手掌繼續捏著她的臉頰，關於柚柚的生態調查，在此邁出了像登陸月球那樣的一大步。騙你的。我揉得很客氣。

「啊哇哇哈哈哈哇哇！」伏見就像雲霄飛車上只有脖子被固定住的乘客那樣，情緒的起伏激烈萬分。明明都已經接近要翻白眼加口吐白沫了，臉色卻是和蒼白完全相反。

她不管是耳朵、鼻子或眼睛，都紅到隨時可能噴出辣椒流星雨，綻放出可能會讓一部分藝術家興奮大喊「就是這個紅色！只要有這個紅色就沒問題了！」的獨特色彩。

看來可以當作不錯的餘興呢。這時，一度停止行動的妹妹腳跟攻擊也宣告午休時間結束，正式復工。「快給我蘋果，笨蛋螞蟻！」她敲著盤子催促。我說妳啊，既然自己的手是空著的，幹嘛還要找救援投手啊？貴族精神實踐得太徹底了吧？

長久以來的繭居生活，讓她忘了世界上還有「自己的手伸得到的範圍」這回事嗎？還是說上頭要是不沾上我的指紋就不滿足呢騙你的。應該是吧？

而因為伏見爬到了病床上，因此我的視野中長瀨的影像情報被她自然地（如果是刻意的那她就太可怕了）完全遮蔽。她現在哭成什麼樣子了呢？

和小透兩人獨處的時候，她就會變成愛哭鬼。「透～人家今天啊～發生了好討厭的事喔（雙腳在床上啪噠啪噠）。因為啊，今天在學校和透說話的時間還不到兩小時嘛，好屈辱，好遺憾喔。所以我好傷心～……啊哈～被透的手這樣撫摸，感覺好像變成貓了喔……我啊，變成透的貓也無所謂喔～就這樣在膝蓋上呼嚕呼嚕──」中斷！

說起來已分手的男女這樣面對面，臉上掛著像背後拉砲的繩子被一點一點抽動的表情，是要叫人怎麼辦啦──會像這樣憤慨地想把責任推給社會……不過，我以前的確喜歡過長瀨。

就像她以前喜歡過阿道那樣。

所以我只能目標成為八方假人（註：日文八方美人意同中文八面玲瓏）了。這是為了自己。

「啊～這張床，右邊還空著呢～」

正因為我一肚子壞水，所以違心之論才能像這樣不要命地飛奔而出。順帶一提，伏見的臉頰還在被我玩弄著。她在發出「啊嗚啊嗚」呻吟的同時，也將自己的手掌疊合在我的手上。

伏見整個人充滿了溫暖。雖然季節是夏天，但我得到了貴重的溫度。

在空調充分發揮效力的病房裡乾掉的；我的皮膚與人際關係，似乎稍微得到了滋潤。我回想起了這件事。但是一旦想起這個潤澤，就會引發更多的貪欲，所以我努力忘卻。

「還能再坐一個人呢～」

床總不會說「抱歉，我是三人用的（註：「哆啦A夢」裡，小夫常用來排擠大雄的台詞）」吧。哎呀，雖也不是沒有那種想再玩弄長瀨一下的小學生欲望，但也夠了吧。再玩下去，死火山搞不好會爆發。這可是沒有未來世界的道具會介入的現實世界，千萬不能小看了人類的潛力。

對於排除多餘事物的才能，我判斷長瀨勝過妹妹。因為她不但笨拙；連視野也狹隘。手一旦舉起來；到揮下為止，期間不管打倒多少東西都不在意。我總覺得因為這樣比較容易贏得幸福，所以很難一概加以否定。我是挺中意就是了……這是笨蛋情侶補正的後遺症，有效過頭了。

另外，「啊嗚嗚啊嗚嗚」的柚柚就在討論範圍外了。她最適合的是隔岸觀火嘩啦嘩啦地玩水。不過這附近根本沒有海啊！多虧如此，很少有人在河裡衝浪，這就是鄉下最糟糕的地方。而會做出這種想像，也可以說是我大腦的致命傷啊。

「可是、那個、那個……」伏見後方傳來忸忸怩怩；含糊不清的台詞。真令人焦躁。從那次醫院事件以後，她變得相當消極了呢。

「長瀨──」我解放伏見的雙頰。伏見似乎連背筋也鬆掉了，兀自左右搖晃。

「呦呦呦呦呦呦呦，嗚嗚嗚嗚嗚嗚。」線路好像有點混亂了，不過這應該只是暫時性的現象，就先擱置。同時，遮蔽物消失，我看向長瀨。

「是、是！」感覺像除了背筋之外連肝臟都伸縮了起來的假音。是連心臟的肌肉纖維都掏出來了吧？

「過來吧。」

伸出右手，我想……我有帶著情感。只是對長瀨，現在的我就算感覺到什麼，也還是不說為妙。因為我也不想老是過著傷害他人的人生。雖無法實現這願望，至少就當作努力的目標吧。

長瀨怯怯地握住我的手。兩人的手指交纏、握緊，我將她拉向自己。抬起頭的長瀨以這雙手為支點，一腳踩在床緣跳了起來，越過伏見和我，在床的另一邊著陸，發出巨大聲響。這傢伙還是一樣行動都不考慮後果啊，要是跳的時候在我和妹妹的正上方落下的話如何是好啊？

各位，雖然有點缺乏認知，不過我的確是個傷患。雖然因為沒有具體的外部損傷而被當作新品一般對待，但是內容卻完全是中古品；雙手也無法良好地發揮功能喔。

不過藉由三人的通力合作，我們在床上達成了若以漢字來比喻，不是川字；而是像「坐」字的布陣。好歹也算是四人小隊，應該可以去撿水晶的碎片；或搭船去鬼島搶奪財寶吧（註：電玩「太空戰士系列」、童話「桃太郎」）。以這個場合，桃太郎就決定是柚柚了。哪裡像桃子就請自行推敲。然後，狗是我吧。嗯，應該不會有反對意見。剩下的角色，猴子是妹妹；雉雞是長瀨吧。看來猴子會是主戰力呢。狗是肉盾；桃太郎則是負責把吉備丸子送到猴子口中；至於雉雞呢……就讓牠在島上一隅發抖好了。這主要是相對於猴子的英勇。

「我有很多事、都想道歉。可是，我，透的……對透也……」

已經很久沒距離我這麼近的長瀨，顫抖著喉嚨試著向我謝罪或是贖罪。

這位小姐，妳是不是搞錯對象了呢？雖然想這麼說，但還是說不出口。

「啊～沒關係啦，我是過去的事就放水流派。」騙你的。

像我這種依附於過去而得到賴以維生食糧的人，要用哪一張嘴來胡謅真實呢？

長瀨以雙手包覆我的右手，像祈禱似地握在自己的胸前。

少女粒子從她由下往上窺視；苦苦哀求似的瞳孔裡散發出來，害我一陣目眩。

「喔、喔！」

拉拉拉拉！有指甲掐住我側腹的肌肉。是妹妹的攻擊。

「喔、喔！」

接著是臉也被捏著拉開。呃……妳這是在搭什麼順風車啊，伏見同學？

明明到剛剛為止都還被我的伏騷擾（這是什麼的略稱的說明也省略）玩弄，呈現醋醃章魚的症狀，現在則是把嘴抿成ㄟ字阻隔了空氣的排放，把臉頰鼓了起來。

要是有什麼意見就寫在筆記本上啊——雖然很想這麼吐槽，但實際上已經能預見這麼說之後在對應上會多麼傷腦筋，所以還是認命地獻上頰邊肉做為祭品來閃躲這個難題。

正面、兩翼，都完備地設置了女孩。

就像明明已經刺中了桶子裡的海盜，卻還是繼續玩黑鬍子危機一髮的感覺。

……但是。

很遺憾，我想被誰刺，老早就決定好了。

我想被長瀨搞得手足無措；被伏見治癒；被妹妹踹。

哎呀～可以的話，最後這一道其實是想要能免則免啦。

因為這個場面要是平安度過，從下午起就是和她一起的午睡時間了。

寂靜的暴風雨終於過去了。我的心臟仍在跳動，今天也仍是一秒一秒地活著。

為了送那三人離去，我又擅自離開了病房，然後體驗了夏天的威力。

完全看不出已經消化了半天的行程，太陽那不眠不休的姿態讓我直想脫帽致敬。而因為推著離情依依的那三人離去，無謂地讓我覺得太陽似乎離我更近了些。

身體前傾；搖搖晃晃地走著，我在歸途上先繞去了托兒所。

醫院的庭院裡，身穿浴衣的女孩們坐在樹蔭下。

雖然已經在樹蔭下，但是那名身體被紫色畫有蝴蝶的布料所包覆的女性仍打著一把紫色的和式紙傘，將自己的表情從周遭隱去。

另一個浴衣女孩，則是拿紙傘女孩的大腿當著枕頭。

那是大江湯女，以及御園麻由。發現我接近，湯女將傘從眼前移開。

她以把墨汁滴在洗臉盆裡製造出來似的；假到不能再假的笑容，迎接我的到來。

……我和麻由在玩磁鐵遊戲的時候，從旁人的眼裡看來應該也是這個樣子吧。

「看來你和密斯夫、謝加諾、還有托麥的大眼瞪小眼終於結束了呢。我等得好累，差點就要踏上旅行，尋找讓時間加速的方法了呢。」

用手指撥開瀏海露出眼睛；湯女揚起一個和紫色很匹配的微笑。

「那麼我的名字就是諾瑪，而妳是卡利娜吧。妳又是怎麼會知道她們的名字？」

「呵呵呵，這世上沒有不可思議之事喔（註：出自京極夏彥的《京極堂》系列主角的名台詞）。」

「那個用法錯了吧。」

那個病房裡應該沒有被裝竊聽器吧？不過，考慮到我與湯女相似的程度，被看穿到這個程度應該也沒什麼好大驚小怪的吧。而這麼一來將這部作品轉向ＳＦ路線的伏筆就鋪設完畢了。現代篇就在這一集結束；從下一集開始就是ＳＦ篇了喔。然後再下一篇是近未來篇，預定在十週後被腰斬——明年四月一日用這一招的話，各位覺得如何呢？

在感覺像是可以組成湯女麻由姊妹的二人組面前蹲下，伸手觸摸麻由的臉頰。

眼前是已經兩個月沒見的麻由——雖然半數以上的時間都是無意識狀態。我的內臟必須定期補充麻由成分的跡象已經是隨處可見，所以現在總算好不容易能完成半人份程度的勞動了吧。而因為我已經失去了身為人類一半以上的機能，所以這應該就十分足夠了。我這樣應該可以說是一種節能時代的理想典範。騙你的啦。

「呼～……總算平安無事地結束了，謝天謝地。」

肩膀的力氣消失，腳也軟了。在針對許多東西做出取捨的結果，我就像只穿著一條內褲越過防波堤，變成了一具白骨。唔……總有一天應該是會如此，所以不是騙你的。

不過……麻由平安無事真的太好了。這除了僥倖之外，還能說是什麼呢？嗯……這個世界的春天來臨了（註：出自「TURN A 鋼彈」）。應該很有資格這麼說吧？算了，走在只和事件中心相隔幾釐米的我的路上，不管什麼時候被「午安」地捲入事件都不允許訝異的情況下，麻由毫髮無傷。這真是一大成就。這個地方是不是不用再拜那個就連在夏日祭典也沒露過面的神明；改把我家的麻由以三國第一的小麻之名推廣到整個亞洲圈算了。我可不是在騙你喔。

因為這件事情，和明顯缺乏讓事物運作的潤滑油的我幾乎無關，所以事情才能毫無窒礙地解決吧。我閉上眼睛為這根本上的原因拍手喝采。

只看結果的話是這樣啦，對吧。我完全沒和湯女討論到那之後的事。不過，沒有再出現後續的請託，應該算是好消息吧。

「哎呀～你都不擔心我的安危嗎？我可是有五、六次都踩在生死一線的關頭呢。」

「妳每次來我的病房，我不是都有給妳安產祈願的護身符嗎？」這是真的喔。

「那是低空飛行瀕臨墜落邊緣的性騷擾吧？睡死在病床上的年輕人從哪搞來那東西啊？」

湯女捲起浴衣的袖子，露出纏在手腕上的幾個護身符。一個個加以保存的結果就是讓我的善意毫無遲滯地帶給她滿滿的福氣。一個個都是騙你的。

「是每天都來看我的人特地帶來給我的喔。」

「哦～算了，看在這個護身符光靠一張薄紙就擋住了暴徒刺來一刀的份上，我就不和你計較這件事了。」湯女嗯嗯地點頭，搖著護身符上的小鈴鐺，露出愉悅的神情。

很明顯地是捏造的逸事。

在醫院的出入口發現護士的身影，於是唐突地加入湯女的森林浴。樹蔭讓護士的視野產生死角，這是為了防患於未然。

「這孩子真讓人不舒服呢。行動模式明確到這種程度，我都要懷疑她是不是人類了。」

批評的同時，湯女以手指撫著麻由的臉頰，視線看起來不帶任何感情；也沒有一絲憐憫。

「每個人的身上都被設了時鐘喔（註：出自小說家安東尼．伯吉斯的《A Clockwork Orange》）。」

「哎呀，我不喜歡橘子呢。」

「是嗎？」我多少也同意啦。

「話說你還真頑強。打算生還幾次啊？永久自動復活（註：電玩「太空戰士」的技能）？」

意思是和我死別一次就夠了是吧？甚至還給我嘖舌。

「很遺憾，同樣的死亡伏筆沒辦法在我身上適用第二次。」

「第一次就生效，就不會有這一集了。還有可以把她還你了嗎？如果要把口水流在我的膝蓋上，我會想讓別的水分從鼻子和眼睛離家出走。看你的眼睛都布滿血絲，就當作騙你的吧。」

「嗯，已經可以了。謝謝妳喔，托兒所阿姨。」傘打了過來，我連忙向後仰。

因為幾個月沒見的妹妹特地來看我，所以想和她說幾句話，於是把在街上遊蕩的麻由交到湯女的保護傘下，請她暫且代替我保護她。

我想像得出她用了哪一招；因為那一招我也太熟悉了。

妹妹沒趁我動彈不得的時候前往殺害麻由，所以應該是放棄復仇了吧。還是說她體認到「現在的我不是她的對手！」所以為了修煉出無敵鐵拳而日夜精進呢？

「這次妳真的幫了大忙，很感謝妳；但頭香被妳用手機撥自己號碼的自我安慰占走了。」

「因為我可是抱著切實的問題，出於無奈，只好對鏡子裡的自己送上『加油～！』囉。」

嘻嘻呵呵喔顆顆顆。我們就這麼互相攻訐；專心一志地為貶低自己不留餘力。

「切實的問題是什麼？有比我想把妳的真面目告訴興致勃勃的警察大姊來得嚴重嗎？」

「因為我沒有錢可以搬出那棟公寓啊，那裡的房租很便宜嘛。」

她輕描淡寫地說出真心話，看向醫院的建築物。雖然一副面無表情，但是當一隻蟬從樹上飛到她的紙傘上那一瞬間，肩頭露骨地震了一下。她旋轉紙傘，驅趕蟬飛走。

她所以會住在那棟便宜的公寓，間接來說也是我造成的吧。要是我沒有和枇杷島八事在晚上這個那個；後來去大江家作客又和伏見日日夜夜這個那個的話……事到如今就請無視這個會招致誤會的語病——她們的家人就可能還在吧。

……真可惜啊。雖然我還是老樣子把不幸塞給別人，不過對她，有沒有什麼辦法可以稍微轉化成幸福呢？「唔～嗯。」捏起了湯女的臉頰。「……嗯～唔。」湯女嘆著氣，巧妙地用臉頰以外的部分傳達出——無法理解——的表情。

「這是什麼遊戲呢？」

「沒什麼特別的意思喔。」

「要是有帶著什麼意思的話還請務必告訴我呢。嗯，真的。」

「啊，這個不悅地閉眼皺眉的表情還是初次看到。因為要閉著眼皮照鏡子實在太難了。」

觸感是湯女的臉頰勝出；不過說到娛樂性的話則是伏見技冠群倫。

不過勝負早在事前就操作成以麻由的優勝作結了。

羞辱湯女一陣子之後，解放她的臉頰。擺出大和撫子相貌的她用指尖探索似地搔抓著自己的臉頰，瞇細了眼睛瞪著我，嘴唇無意識地嘟了起來。

「對了，妳白天都在做什麼啊？」這個疑問好像以前就提過了。

不過我已經記不得是問人還是被問就是了。算了，不管是哪邊都沒有太大的差別。

「蘇格拉底遊戲。專心進行用哲學讓肚子膨脹（註：蘇格拉底的問答法又稱助產術）的研究。」

「……………………」加以貶低。因為我彷彿看見未來的自己的可能性。

「其實我十六歲的時候預定要成為勇者（註：出自電玩「勇者鬥惡龍Ⅲ」），但是因為我媽媽不允許我出去旅行，所以就只好選擇了當一個平凡村女的生活。」

「哦，那還真巧，我原本也預定從上一代繼承許多東西成為皇帝（註：出自電玩「復活邪神2」），但因為嫌必須前往高原實在很麻煩，所以加以拒絕，結果變成了螞蟻的溫床呢。」

哈哈哈——我們以美國風聳聳肩；互戳了對方的額頭一下。

這是怎麼回事呢，這個城鎮是不是正蔓延著會剝奪女性勞動意願的病毒啊？

「那麼，我也差不多該回病房了。」

內臟自己製造出許多針頭朝四處突刺，通知我活動能力已經到達極限了。

為了抱起因天氣熱而睡得很不舒服的麻由，我將手穿過她肩膀下；另一方則是膝蓋下方。好啦，接著得抬起來——「嘿唷、Ra、Sho～」「「Mon！」」（註：把日文出力時的吆喝改成羅生門）

「……………………」明明應該已經刻意迴避了用同一個梗的我們，再次漂亮地戳了對方的額頭一下。

唔喔～好重。感覺不用一秒就會掉下去。連我的手臂一起。

身體各處的血管都站了起來；呼喊著「給我血」。

「哎呀呀，看你逞強的。」

「我可以的。」

這個回答就算硬撐也得辦到。沒辦法騙你。

我得能夠用雙手抱起她才行。

「你還真是學不乖啊。總有一天會再出包的。」

「我知道。我在昏睡的期間也想了不少事喔。」

「例如？」

「例如要是有掌中小麻（註：出自輕小說《TIGER × DRAGON!》的掌中老虎）就好了。像這樣，小小地手舞足蹈在我的手掌上扭來扭去。」「你真是笨到最高點耶。」

很稀奇地對我做出老實的評價之後，湯女起身，拍拍浴衣的臀部部位，重新讓陽光透過紙傘變成紫色。啊啊，這顏色還真適合她呢。透明的紫色。

明明什麼顏色都能透過，但是卻硬是要染上自己的顏色。如果不變成自己的同族，不管對方是誰都不允許進入自己的領域吧。那是以和我不同的道路所到達的，不信任人類症候群。

「然後還有，你那執著也很噁心。」

「謝謝。我常被人這麼說。」然後，為此感到開心。

因為那句話是以否定型承認了我的心。

「你不是偵探；而是殺人犯呢。」

「嗯？」對這內容表示出不適切的裝傻。總之先觀察。

「不是思考讓誰被抓；而是總想著讓誰被殺，事件就會以對自己有利的方式結束。你腦子裡想的都只有這麼一回事吧？」

「因為沒必要否定，所以就不否定了。不過，從旁看著久屋白太遭到殺害；然後報警讓野並繪梨奈遭到逮捕而解除對自己的危險，被途中搭便車做出這種期待的妳這樣子批評，真是。」

「我還真是在壞心的方面被給予過高的評價了呢。另外，那個『真是』是什麼意思？」

「沒有啦，只是在煩惱到底要說『真是太感謝妳了』；還是要說『真是夠了』罷了。」

毫不窺探對方的表情，淨是發表著對自我的嫌惡。

做為歸巢最適切的藉口，偽裝的反作用力產生。

「我要走了。茜應該也空著肚子在等我回家吧。」

「是喔，妹控。」「是啊，一點也沒錯唷，超妹控。」

被給予神奇寶○進化後的階級稱謂了。

「而且還得餵皮耶爾和卡特莉奴那幾個傢伙吃東西。」

「……不好意思，故事都差不多要結束了，可以別再追加新登場角色嗎？」

「不是人啦，是烏龜。命名者是秘密。」

「妳是什麼時候又回到大小姐身分了啊？」

「因為茜在祭典撈了五隻烏龜。因為一併拿到烏龜飼料，所以決定暫時和牠們同居。」

「是這樣啊，大家庭的生活真讓人羨慕呢。」騙你的。

那麼，在這裡再次進行別離的問候。沒有永別的預定。

「那麼，再見啦，最終頭目。我會祈求不要再次和妳在街上遭遇（encounter）。」

「再見啦，大便英雄，別四處亂晃，回你的床上去好好睡覺吧。」

浴衣少女在周圍揚起一陣紫蝶，不留痕跡地離去。

守護該回去的家。若把這個目的和過程隔離開，就是我們的共同點呢。

不待湯女的身影消失，我將身體面對的方向修正為醫院內側。她一定也不會回頭的。

回顧那踏過無數螞蟻，偶爾被情勢所煽動，把自己也塗黑踩扁的過去，再用黑到發亮的手指掬起。如果腳還能走下去，就絕不能回頭。

只不過，背後偶爾會有透明的手伸來，想要硬將我轉向身後就是了。

庭院被夏天獨占，病患的身影在熱氣中停擺。

只剩我和變成了綁架慣犯的少女，貪圖著手中毫不健康的睡眠。

「……………………」

以公主抱抱著心愛的女孩。飄在字面上的花香，掩蔽了鐵質的臭味。

死吧死吧死吧死吧死吧死吧死吧，幸福。

因為周遭的人都死光了，所以我現在很幸福。

人若是不奪走他人的幸福；或是不將不幸塞給別人，就無法得到幸福。

不論如何掙扎；即使已經踏入不會有塵埃堆積的美麗世界，亦然。

看是要給予還是要搶奪，否則幸福便不會來到，不幸也不會離開。

所以，反過來說——

「……………呼——」

把麻由抱近。手肘像要碎了。熱氣降臨在後腦勺。毫不流動的風。蟬鳴。我的呢喃。麻由睡覺的呼吸聲。被覆蓋的視野；以及被埋到最深處的眼球。起身的暈眩與耳鳴並行。

紋白蝶群在我的腦中蠢動，產卵。

誕生出的蝴蝶的翅膀上，一定有布滿血絲的眼球吧。

六月二日到八月二十二日為止，我的意識拋下了時間離去。

但是時間繼續踏出典雅的步伐，終於還是追上了現在的我們。

在我的世界裡的人，從那一天起誰也沒死。

誰死了的話就是不幸——無法直視這種基準值的我的雙眼，以望向天空來逃避。

我以雙腳踏在地面，雙手則勉力抱著麻由。

夏天的空氣燒灼著我的肺；烤焦了我的喉嚨，突如其來一瞬的寒氣讓我身體一顫。

希望我的不幸，能夠成為你的幸福。

非常近在身邊的終章，三分鐘後。

「啾！鏗鏗鏗鏗啾——！阿道啾——！滋滋～！好像是好久不見了的阿道耶～！臉頰親親～親親！」「喔喔喔，小麻，不能呼吸了啦～」「流流～塗塗～！好～可～愛阿道！果然小麻的阿道是阿道所以在小麻身邊所以是阿道呢～！真是～因為小麻很聰明所以馬上就知道了喔～！」「唔嗯～我倒也不是不覺得知道這種事很正常就是了。」「呀——！拐彎抹角的阿道好煩好可愛～！這裡是阿道那裡是阿道這些全都是小麻的阿道！喂喂不能跑掉～！」「好…好是好啦，可是我的傷…還是該說臉頰的…ＯＫ繃快掉了啦！」「我貼～！」「呀～！」「不要靠這種東西靠小麻的大胸部就好了啦～！呃～首先就是把這個腫起來的肉肉剪掉掉——」「呀——！我突然想抱住小麻不想放小麻的雙手自由了呢～」「呼喔～！我要把阿道變成夏天的戀愛冒險式樣！所以啾——！滋滋、啾啾～！」「啾～！」「姆啾～！」「互吸臉頰真是令人心曠神怡呢～」「不對！是嘴唇姆啾姆啾才對！捏～！」「姆～」「嘰～」「嘎～」「嗶嗶～」「喔哇～」「阿道和小麻要喀鏘地撞在一起是最重要的！」「唔，大概是那樣吧～」「超級～ＨＡＰＰＹ～ＥＮＤ！」「沒錯～」

哎呀，真抱歉。我果然是超幸福的啦。

後記

哎呀，那個——總之還沒結束。（中輟生復學第一天從教室後門偷偷進入的感覺。）

總之就是這樣，我是連小說的後記都夾雜大量虛構成分的入間人間，大家好。之後也還要繼續說謊，也會出包，大家對我的評價就是我一點都沒有一個大人樣。

首先是道歉。上集後記寫了若有所指的東西導致混亂，真是抱歉。前來簽名會的人和同行也在問「阿道小麻系列結束了？」讓我感到萬分歉意。但是身為現在還是每週購買《少年ＪＵＭＰ》來閱讀的人，實在很想做一次看看。和《烏龍派出所》唬爛的最終回一樣的這一招，恐怕第二次也不會有多少人上當，所以作罷了。搞不好反而會招致被強制這樣寫下去也說不定的事態，果然我還是有很多地方都得加油啊。雖然還是覺得完成度有點不足，不過就算了吧。

接下來是道謝。意外地居然有不少人寄粉絲信給像我這樣的人（這樣寫的感覺好像我的名字就是第一人稱），太感謝了。雖然無法一一回信，但是我全都親自過目。在這向各位道謝。

常有人說我愛把各個作品連來連去，我想這是受上遠野浩平先生、伊坂幸太郎先生的影響。

讓其他作品的角色在別的作品登場或引用台詞就會喜不自勝，只有我會這樣嗎？至今也累積了不少作品，以後也還是想這樣玩下去。所以時間多的人，試著找出它們或許會很有樂趣。

「請不要再說謊了。」也有些人對我這麼說。我在心裡想著「哪辦得到啊？」但也還是在口頭上約定「我知道了。」我這次會試著老實一點的。

再來是慣例的致謝。包含我出道前，擔任我的責任編輯已經兩年了的編輯大人，承蒙你關心我那麼久，還帶給你不少操煩，真的非常感謝你。以後也還請繼續多多指教。

還有負責插畫的左老師，雖然一成不變的謝詞讓我痛感語言能力的不足，但還是要謝謝你美麗的封面、彩頁、插畫，讓本書增色不少，太感謝了。

然後是對我說「用我的畫當封面如何」，有點看不起這社會的家父；以及家母，雖有點陳腔濫調了，但還是致上我的感謝。家父的發言真的是沒完沒了，就那層意義也讓我十分感激。

這個故事還會繼續一陣子，這次不是騙你的。

真的非常感謝各位願意閱讀這個故事。

入間人間

©Enji ARAI 2009

Kadokawa Light Novels

SUGAR DARK 被埋葬的黑闇與少女 待續

Kadokawa Fantastic Novels

作者：新井円侍　插畫：mebae

繼《涼宮春日》以來睽違六年，
第14屆「Sneaker大賞」大賞得獎力作!!

少年穆歐魯因冤罪而遭到逮捕，在共同靈園過著挖掘墓穴的生活。某夜，他邂逅了自稱守墓者的少女・梅麗亞，並深受她吸引。神秘孩童・卡拉斯告訴他——他所挖掘的墓穴，是用來埋葬不死怪物「黑闇」！此時，穆歐魯又目擊梅麗亞遭黑闇殺害的現場——!?

NT$180/HK$50

台湾角川

Kadokawa Light Novels

流光森林 1~2 待續

Kadokawa Fantastic Novels

作者：久遠　插畫：Izumi

過去的，真能就這麼過去了嗎？
歷史是會重演的，無論人們曾做出什麼努力……

珞耶與約就讀的杜蕭學院流傳——只要出現符合特定條件的轉學生，就會為全校師生帶來厄運。他們受命護衛的慘案關鍵證人，竟是符合傳說條件的轉學生！緊接著在學校內頻傳的意外，是傳說作祟，還是……？

台湾角川

各 **NT$220/HK$60**

Kadokawa Light Novels

百無禁忌

Kadokawa Fantastic Novels

作者：林綠　插畫：竹官@CIMIX

善良的女鬼與陸家少年風水師
聯手展開的靈異奇情推理劇！

當鬼當得太好心的少女遭到自稱當代陸家風水師傳人的男孩拐騙，簽下重生為人的賣身契，本以為可以重新開始光明燦爛的美少女生涯，孰料卻是鬼屋打雜生活的開始和一切麻煩的開端。作者以輕鬆詼諧的筆觸，帶領讀者進入一連串懸疑刺激的殺人毀屍案中！

NT$180/HK$50

台湾角川

Kadokawa Light Novels

浩瀚之錫 1 待續

Kadokawa Fantastic Novels

作者：逸清　插畫：ky

榮獲第二屆台灣角川輕小說大賞金賞的力作！
這是在痛苦與絕望中煎熬，奮力一搏的戰爭物語!!

核子大戰後，大地被永不消退的黑雲所籠罩，人類社會頓時破滅，更飽受「十二聖」的恐怖統治……在絕望深淵裡，遭受戰爭迫害的少年──浩錫，與擁有高潔理想的少女──菲妮克絲，將掀起氣勢磅礴的大戰，顛覆這毫無人道的世界！

台湾角川

NT$220/HK$60

Kadokawa Light Novels

C³ —魔幻三次方—1 待續

Kadokawa Fantastic Novels

作者：水瀨葉月　插畫：さそりがため

第十回電擊小說大獎獲獎作家全新力作!!
新感覺微黑色奇幻浪漫喜劇華麗登台!!

有一天，高中生夜知春亮收到了父親突然從國外寄來的宅配，那是一個非常重的神秘黑色立方體。——就在當晚，春亮聽到了可疑的聲響。在緊張的氣氛下，春亮發現了一名入侵者。那竟然是個在明月照耀下散發著夢幻氣息的——「全裸的女仙貝小偷!?」

NT$180/HK$50

台湾角川

國家圖書館出版品預行編目資料

說謊的男孩與壞掉的女孩. 7,死後的影響是生前 /
入間人間作；莊雅任譯.——初版.——臺北市：
臺灣國際角川, 2010.08 —
面；公分.——(Kadokawa fantastic novels) ——

譯自：嘘つきみーくんと壊れたまーちゃん. 7,
死後の影響は生前
ISBN 978-986-237-788-8（平裝）
861.57　　99012290

Kadokawa
Fantastic
Novels

說謊的男孩與壞掉的女孩 7 死後的影響是生前

（原著名：嘘つきみーくんと壊れたまーちゃん 7 死後の影響は生前）

2010年9月7日　初版第1刷發行
2013年10月10日　初版第3刷發行

作　　者：入間人間
插　　畫：左
日版設計：鎌部善彥
譯　　者：莊弼任

發 行 人：塚本進
總　　監：施性吉
副總編輯：蔡佩芬
主　　編：吳欣怡
文字編輯：楊國威
美術副總編：黃珮君
美術主編：許景舜
美術編輯：陳晞叡
印　　務：李明修（主任）、張加恩、黎宇凡、張則蝶

發 行 所：台灣角川股份有限公司
地　　址：105台北市光復北路11巷44號5樓
電　　話：（02）2747-2433
傳　　真：（02）2747-2558
網　　址：http://www.kadokawa.com.tw
劃撥帳戶：台灣角川股份有限公司
劃撥帳號：19487412
法律顧問：寰瀛法律事務所
製　　版：尚騰製版印刷有限公司
ＩＳＢＮ：978-986-237-788-8

香港代理：香港角川有限公司
地　　址：香港新界葵涌大連排道200號偉倫中心第二期20樓前座
電　　話：（852）3653-2804